IRIS NA hOIDHREACHTA 9

An Gorta Mór

IRIS NA hOIDHREACHTA 9

An Gorta Mór

in eagar ag
Pádraig Ó Fiannachta

AN SAGART
AN DAINGEAN
1997

An Chéad Chló 1997
© Cóipcheart ar cosaint.

Gach ceart ar cosnamh. Ní ceadmhach aon chuid den fhoilseachán seo a atáirgeadh, a chur i gcomhad athfhála, nó a tharchur ar aon mhodh ná slí, bíodh sin leictreonach, meicniúil, bunaithe ar fhótachóipeáil, ar thaifeadadh nó eile gan cead a fháil roimh ré ón bhfoilsitheoir.

ISBN 1 870684 78 8

Clóchur: **Inné Teo.**, Dún Chaoin, Co. Chiarraí.
Clódóirí: **An Cinnire Laighneach Teo.**, An Nás, Co. Chill Dara.

CLÁR

Réamhrá: Éigse 1996
   Pádraig Ó Fiannachta 7

An Drochshaol i gCorca Dhuibhne
   Seán Ó Dubháin 12

Sasanaigh, Dia agus Éireannaigh 1846-48
   Joe Lee 47

Bíoblóireacht agus Gorta
   Mícheál Ó Mainín 59

Tigh na mBocht, an Daingean
   Tomás Ó Caoimh 77

Learpholl agus an Gorta Mór
   Ian McKeane 103

Réamhrá: Éigse 1996

Bhí na sluaite ag bailiú isteach in Ionad an Bhlascaoid go luath tráthnóna Dé hAoine an 20ú Meán Fómhair cé go raibh an uain go haoibhinn fós lasmuigh. Bhí fáiltiú réidh ag an bhfoireann romhainn. Chuir an bainisteoir Mícheál de Mórdha fáilte roimh an mathlua agus chrom gan mhoill ar chur síos a thabhairt ar na héigsí go dtí sin, agus ansin ar chlár na bliana a chur i láthair agus an éigse seo a oscailt go hoifigiúil. Glaodh ansin ar an bhFiannachtach chun *Iris na hOidhreachta 8, An Práta*, a sheoladh. Dhein sé amhlaidh go neafaiseach agus bhronn cóipeanna comaoine go leor ar na scríbhneoirí, agus ar dhaoine eile a bhí páirteach in imeachtaí na bliana seo caite. Bhí cúram beag eile leis le déanamh aige, nithe eile a bhronnadh ar an Ionad — pota tae agus seál beag bán guaille le Peig Sayers, lámhscríbhinn d'aiste le Tomás Ó Criomhthain,

Frances agus Seán Ó Cinnéide agus Bab Feirtéar an Bhéil Bhinn

agus ceann de litir óna mhac Seán chuige féin agus litir eile i bhfoirm véarsaíochta a scríobh Tomás agus ba mhian le Seán Ó Coileáin a bhronnadh: sea, agus roinnt leabhar a sheol Artúr Mac Diarmada chuige ón Astráil le cur le leabharlann Uí Dhálaigh. Luaigh an tAthair Ó Fiannachta gurb é an sloinne céanna a bhí ar an duine uasal seo agus a bhí ar Mháirín Bean Chearbhaill, ach nach raibh aon ghaol eatarthu.

Nuair a bhí beagán cuideachtan agus comhluadair agus suimpeoiseam curtha tharainn againn, isteach linn san amharclann mar ar chuir Seán Ó Dubháin céad léacht na hÉigse os ár gcomhair go slachtmhar — *An Drochshaol i gCorca Dhuibhne*, léacht atá i gcló anseo. Is beag fonn ceistiúcháin a bhí ar an lucht éiste agus thug sin cead cuairteoir ó Learpholl, Ian Mac Catháin, a chur i láthair. Baineann seisean le Conradh na Gaeilge i Learpholl agus tá siadsan agus cumainn Ghaelacha iomadúla na cathrach ag comhoibriú le chéile ag comóradh an Ghorta. Thug seisean cur síos ar an taighdeadh atá ar siúl faoi scáth choiste cuimhneacháin faoi leith; tá, abair, figiúir chruinne acu den líon deoraí ó Éirinn a tháinig i dtír i Learpholl idir 1845 agus 1853 — 1,800,000 duine. Cailleadh a lán acu ansiúd agus tá dhá reilig déag gorta aimsithe sa chathair, ceann acu i gcóngar na hArdeaglaise. Tá sé beartaithe leacht cuimhneacháin a thógáil ansiúd agus go nochtfadh an tUachtarán é an bhliain seo againn anois. Bhí an oiread sin le rá aige agus a lán de ina nuacht fiú do na staraithe i láthair ach gan go leor ama chuige aige, gur tuigeadh don lucht éiste go gcaithfí teangmháil leis arís an bhliain a bhí chugainn.

Tá sé d'ádh orainn anois go bhfuil formhór ailt mhóir ar an ábhar i gcló i bhfeisteas Gaeilge san uimhir seo dár n-iris.

Is dócha gur bhain daoine áirithe toibreacha folláine amach roimh dul a chodladh an oíche sin, ach dá ainneoin sin bhíodar ar ais go luath maidin lárna mháireach agus iad ag tnúth le léacht ón Ollamh Joe Lee — *Sasanaigh, Dia agus Éireannaigh 1846-48*, teideal a fógraíodh dóibh an oíche roimh ré. Ba bhreá bríomhar mar a chuir an saoi seo a smaointe i láthair, agus go deimhin, mar a tharla, is maith mar réitigh a dhearcadh lena raibh le rá ag an Mgr. Ó Mainín ina dhiaidh nuair a labhair seisean ar *Bhíoblóireacht agus an Gorta*. Bhí an seisiún ceisteanna i ndiaidh na gcainteanna seo gairid mar go raibh lón len ithe go tapaidh agus bheith thíos i Leabharlann an Daingin don chéad léacht eile. An tAthair Tomás Ó Caoimh a bhí á thabhairt sin ar *Thigh na mBocht, an Daingean*. Bhí slua breá bailithe ansiúd chomh maith, agus thug an sagart léacht an-bhreá uaidh agus feidhm á bhaint aige as cuid de thaighde Joan Stagles nach maireann ar an ábhar seo.

Bhí baint ag Ray Stagles, fear céile Joan, leis an eireaball a cuireadh leis an léacht--tarraingíodh as an hata ainmneacha na ndaoine a bhí le bheith páirteach i gComórtas an Bhéil Bhinn agus na hábhair ar a mbeadh daoine ag caint. Ós rud é gur rud nua é seo, níor mhór beagán misnigh a thabhairt do dhaoine chun cur isteach air. Mar a tharla is dhá ainm déag agus dhá ábhar déag a tarraingíodh, agus ní raibh ach beirt fágtha i dtóin an mhála. Thug údaráis na leabharlainne cuireadh don chomhluadar ansin féachaint ar an ionad nua taighdeadh sa leabharlann atá i mbéal a oscailte. Tá ansiúd cnuasach Uí Fhiannachta, 4,600 de leabhartha léannta seachas fótastaití de leabhair mhóra Éireann — *Leabhar Buí Leacáin, Leabhar Bhaile an Mhóta, An Leabhar Breac etc.* Mhóidigh daoine áirithe go dtiocfaidís arís chun níos mó ama a chaitheamh sa láthair ghreanta seo.

Ós ag tagairt do chúrsaí léinn é, bhí moladh tábhachtach ó Ray Stagles — go mbunófaí Cairde Taighde Léann an Bhlascaoid chun a chinntiú go bhféachfaí chuige go leanfaí air ag cur leis an gcartlann san Ionad agus go maoineofaí taighdeadh ar an ábhar atá ar fáil cheana féin agus ar a mbeidh á bhailiú agus á chnuasach; táthar ag súil leis go ndéanfar beart maidir leis an moladh ciallmhar seo ag an gcéad éigse eile.

Ach fillimis ar an ábhar idir camáin! Bhí tae beag curtha ar fáil ag Údarás na Gaeltachta sa Cheárta Ealaíne agus suas leis an gcóisir ansiúd. Bhí stair ina dtimpeall ansin leis agus iad ina suí amuigh faoin ngréin ag féachaint sall ar Thigh na

Ríseach mar a raibh seomraí in áirithe tráth do Marie Antoinette, banríon na Fraince, dá mb'áil léi éalú léi.

Suas linn Sráid na nGabhar ansin go dtí Ospidéal N. Eilís a thosaigh mar Theach Bocht an Daingin in 1850. Is álainn an ospidéal beag anois é agus is iontach an cúram a dhéanann an fhoireann de na hothair, seandaoine amháin, geall leis, a bhíonn ann. Níor mhiste áiseanna breise a chur ann — níl gléas x-ghathaithe níos gaire ná Trá Lí ag bean Dhún Chaoin inniu má leonann sí a halt. Tugaigí aire daoibh féin dá bhrí sin agus dá chéile ansin thiar. Sa tríú hurlár den fhoirgneamh seo inniu tá dhá sheomra mhóra agus iad díreach mar a bhíodar geall leis nuair a bhí an foirgneamh go léir níos mó agus os cionn míle bochtán lonnaithe ann. Tá cuid de na fuinneoga agus fiú an gloine iontu mar a bhí. Tá an láthair tine iata ach tá an t-urlár mar a bhí sé — trinse trína lár don uisce agus don salachar, ansin na rangaí adhmaid codalta, deich n-orlach níos airde ná an trinse ar gach taobh. Shíneadh na daoine bochta le hais a chéile ansiúd agus sop tuí fúthu.... Sea ba chóir seomra cuimhneacháin a dhéanamh de seo.

Bhí an uain go haoibhinn agus sinn ag tabhairt faoin mbóithrín go dtí Cill Mháiréad, reilig an Ghorta. Suas Bóithrín an tSéipéil a ghabhamar ó Shráid na nGabhar ag Bollán na bPoll. Ar dheis anseo tamall suas tá Garraí an tSagairt, mar a raibh séipéal beag le linn na bPéindlithe. Ag deireadh an bhóithrín tá coimín agus leathchéad slat suas ar chlé tá bóithrín eile múchta a ritheann isteach go dtí an reilig agus ar feadh a thaobh theas. Isteach linn mar sin agus sinn ag breith chugainn féin le heagla go bhfaighimis treascairt ar an droch-chosán. Thugamar turas na reilige ag machnamh ar na céadta atá curtha ansiúd in uaigheanna móra ar geall le hiomairí iad. Bhí deireadh lenár n-éigse seachas an comórtas lá arna mháireach.

Bhí an-iomaíocht sa chomórtas céanna agus an amharclann in Ionad an Bhlascaoid lán ina chomhair. Níl de thuairisc le tabhairt agam ina thaobh ach gur rug Bab Feirtéar an chraobh léi ó scoláirí agus ó sheanchaithe.

Táimid buíoch do Phroinséas Ní Bheoláin a dhear an clúdach, do Mhícheál de Mórdha a thóg na grianghrafanna agus go háirithe dár léachtóirí.

Guímis gach beannacht ar gach aon duine a bhí páirteach linn agus go n-éirí go seoidh leis an gcéad éigse eile.

Pádraig Ó Fiannachta
Daingean Uí Chúise
I bhFéile N. Doiminic 8-8-1997

An tEagarthóir ag síniú *An Práta*.

An Drochshaol i gCorca Dhuibhne

Seán Ó Dubháin

Pé rud a bhí ag déanamh tinnis don chosmhuintir i leithinis Chorca Dhuibhne, teacht Fómhar na bliana 1845, ní dócha gurbh é an práta é. Bhí gach cuma ar an scéal go raibh an barra sin tar éis teacht slán ó chora na haimsire agus é tagtha chun bláis, go breá, i ngoirt agus i ngarraithe beaga scóir an cheantair. 'There was never a finer poor man's harvest,' a dúradh san *Kerry Evening Post*.[1]

Ní gach bliain a bhíodh Fómhar maith aige daoine, an uair úd, agus bhí fo-bhliain ann, nuair a theip na prátaí ar fad, geall leis. Tharla sé seo i 1822 cuir i gcás, — *'Bliain na Mine Báine'* mar a thugtaí ina dhiaidh sin air sa bhéaloideas — agus bheadh sé ina ghorta fan chósta iarthar na hÉireann ar fad, an bhliain sin, muna mbeadh scéimeanna fóirithinte an rialtais agus carthanacht daoine agus eagraíochtaí príobháideacha. Ba mhór an sásamh é, mar sin, do dhaoine bochta, teacht Fómhar na bliana 1845, go raibh barra prátaí chomh breá sin á thuar. Bheadh riar a gcáis go maith acu, agus beagán sa bhreis, b'fhéidir, le muc, nó muc breise, a bheathú agus a dhíol ar shráid an Daingin.

Ach ní mar a shíleadar a bhí. Ag druidim le lár Meán Fómhair bhí tagairt sna nuachtáin logánta do ghalar ait éigin a bheith tagtha ar na prátaí sna dúthaí lasmuigh; chualathas go raibh sé tagtha chomh fada le hoirthear na hÉireann agus ansin tuigeadh go raibh sé ag druidim isteach agus siar faoin tír.

Ní raibh Ciarraí sroiste fós aige um dheireadh Meán Fómhair, de réir dealraimh, agus ní foláir, toisc é bheith chomh déanach sin sa bhiaiste agus go raibh cuma folláin ar na prátaí a bhí á mbaint, go raibh na daoine i gCorca Dhuibhne ag súil go dtiocfadh an leithinis acu féin slán ón ngalar. Ar an 20ú lá de Dheireadh Fómhair i dtuairisc faoin bpráta a chuir an Chonstáblacht go dtí na húdaráis i gCaisleán Átha Cliath dúradh go raibh na prátaí a bhí á mbaint go dtí sin raidhseach breá 'and the disease has shown itself but slightly.'[2] Díreach agus an tuairisc seo á chur ar phár, bhreáthaigh an aimsir go hobann agus thosaigh na daoine ag baint a gcuid prátaí ar dalladh.[3] Baineadh droch-stangadh astu ní foláir, mar dhá lá tar éis na tuairisce atá díreach luaite agam, tá tuairisc eile ón gConstáblacht — tá sé ina thubaist dá réir seo; tá a leath de na prátaí in áiteanna áirithe sa leithinis gan mhaith, dhá thrian in áiteanna eile.[4]

Ar an 28ú lá den mhí, dúirt an tUrr. Tomás Ó Muircheartaigh, i litir ó Cheann Trá, go raibh an scéal go hainnis sa cheantar aige féin agus é ag dul in ainnisí in aghaidh an lae; go raibh an galar imithe greamaithe sna prátaí a bhí fós gan baint, agus go raibh siad sin a bhí bainte agus curtha i dtaisce, agus an chuma orthu go raibh siad slán, folláin, ag meathlú de réir a chéile sna poill. Lean sé ar aghaidh:

> The people are bewildered and do not know what to do …. Potatoes were never apparently better than this year and people rejoiced in the abundance of their staple food as well as the good price for butter, pigs and corn. In a moment as it were, their fair prospects are blighted and their hopes are scattered to the wind. It is heart rending to witness the state of mind of these poor families crying and lamenting over their losses.[5]

I litir a chuir an tAth. Ó hÉalaithe, sagart paróiste Chill Maolchéadair, go dtí Tiarna Chorcaí, duine de thiarnaí talún na háite, dúirt sé go raibh dhá thrian de na prátaí ina pharóiste féin meathlaithe agus mar bharr ar an donas go raibh teipthe ar an iascach sa cheantar chomh maith.[6]

Ach ní raibh na cuntais ó áiteanna eile i gCorca Dhuibhne chomh huafásach leis na cinn seo agus ba shoiléir go raibh ceantair éagsúla níos fearr, nó níos measa ná a chéile. Scéal eile ar fad a bhí acu i gceantar an Leitriúigh, cuir i gcás. I gcuntas a chuir sé go dtí an *Mansion House Committee*, i dtosach na

Samhna, dúirt James Conway Hickson, athmháistir i bFormaoil, nach raibh an dubh luite ró-throm, in aon chor, ar na Machairí ná ar an gceantar ó Chaisleán Ghriaire go Srón Broin agus muna leathnódh an galar a thuilleadh mheas sé go mbeadh oiread prátaí ag daoine agus a bhí an bhliain roimhe sin, toisc an barra a bheith níos raidhsiúla ná mar a bhí aon bhliain le fada.[7]

Luigh an dubh ar an tír ina bhreicneach; bhí paistí beaga agus móra a bhí go hainnis, paistí eile nach raibh chomh holc sin agus bhí paistí eile fós a tháinig slán ar fad, nó geall leis, ón ngalar. D'fhág sin gur mhinic difríocht i ndéine na díobhála, ní amháin ó cheantar go ceantar, ach ó bhaile fearainn go baile fearainn agus fiú amháin ó ghort go gort. Sin é mar a bhí tríd an tír ar fad agus sin é mar a bhí i gCorca Dhuibhne. Níl aon amhras, áfach, gur mheasa, tríd is tríd, an díobháil fan chósta dheisceart na leithinise agus gur mheasa fós a bhí sé ar an taobh thiar de Dhaingean.

Tá mar a bheadh achoimre ar na tuairiscí ar fad le fáil i dtuairisc na Constáblachta ar an 6ú lá de Mhí na Samhna a deir:

> To the West and South of Dingle (Ventry, Ballyferriter, Dunquin and along the seacoast to the south) the crop is very bad, in some fields almost entirely rotten. To the North East (Brandon, Clahane, Castlegregory) the crop is very little injured. Some places, but not all, are particulary abundant.[8]

Tar éis tamaill tháinig maolú ar an scanradh a mhearaigh daoine bochta nuair a braith siad an dubh an chéad uair. Ar an 22ú lá de Mhí na Samhna dúradh san *Kerry Evening Post*:

> We must come to the conclusion that the alarm has considerably subsided; that the progress of the rot among the sound potatoes has been in a great measure, checked. However, we note that the loss in parts of the

county is very severe, particularly to the west of Dingle.[9]

Ní raibh sé fíor, beag ná mór, rud a inseodh an aimsir, go raibh deireadh tagtha ar fad leis an meathlú a bhí ag dul ar na prátaí; mar sin féin, tuigeadh do dhaoine anois, nach raibh an scéal chomh holc agus a mheasadar é bheith i dtosach. Bhí méid áirithe den bharr tagtha slán, fiú amháin ar an taobh thiar de Dhaingean; bheadh greim a mbéil acu go ceann tamaill, ar aon nós, agus dá mbéarfadh orthu níos déanaí bhí gach uile sheans ann go dtiocfaí i gcabhair orthu faoi mar a thángthas blianta gátair eile.

Agus múineann gá seift. Go luath sa bhiaiste thug na daoine faoi deara gur bhuaine na prátaí a bhí fós gan bhaint ná iad siúd a bhí bainte. Bheartaíodar, mar sin, a gcuid prátaí a fhágáil sa chré chomh fada agus ab fhéidir. Is amhlaidh a dheineadh siad gach tríú leaba a bhaint, de réir mar ba ghá, agus ansin, chaithfidís an chré ós na leapacha bainte ar na leapacha eatorthu d'fhonn na prátaí a bhí gan baint fós, a chosaint ar an sioc.[10]

Tugadh faoi deara, leis, gur ith muca na prátaí a raibh meathlú ag dul orthu le fonn agus gur ramharaídear go breá orthu. Thosaigh daoine, mar sin, ag beathú muc agus beithíoch, ar dalladh, ar phrátaí meathlaithe. I litir a scríobh Clifford, Oifigeach Ceannais na nGardaí Cósta sa cheantar, ar an 13ú lá d'Eanáir '46, dúirt sé go raibh prátaí fós gan baint taobh thiar den Daingean.

> There appears to be little, or no dread of a scarcity on the people's minds. They seem so satisfied with the prices of everything — droves of pigs are going weekly to Cork for which people get great prices; I cannot, however, but think the pinch will come on in April.[11]

Feirmeoirí agus ní lucht na mbothán scóir is mó, ní foláir, a bhí i gceist ag Clifford sa ráiteas sin, mar d'ainneoin a ndúirt sé, bhí an *pinch* braite cheana féin ag cuid bheag éigin de na daoine sin agus bhí a líon ag dul i méid in aghaidh an lae. Ag cruinniú den Bhord Bardachta, i dTrá Lí, ar an 20ú lá d'Eanáir, dúirt Tomás P. Treantach, ball den Bhord sin agus Rúnaí Choiste Fóirithinte an Daingin gur mhithid dóibh a bheith ag ullmhú don ghannchúis a bhí ag druidim leo; go raibh na prátaí ag leanúint dena bheith ag meathlú, go raibh méadú obann tagtha, ó thosach na míosa, ar an méid daoine a bhí ag iarraidh dul isteach i dTeach na mBocht, i dTrá Lí; go raibh teaghlaigh iomlána de lucht na mbothán scóir ag iarraidh dul isteach mar go raibh pé méid prátaí a tháinig slán acu, ídithe cheana féin. 'It is alarming', a dúirt sé, 'this early in the year to see whole families attempting to get into the workhouse'.[12]

Ní raibh aon fhóirithint ar bhochtáin a bhí i ngá, an uair úd, lasmuigh de Theach na mBocht muna dtiocfadh daoine, nó eagraíocht phríobháideach éigin, i gcabhair orthu. Áit doicheallach, ainfhial, gan chompord ná suáilceas ab ea Teach na mBocht ag an am. D'aon ghnó a bhí sé amhlaidh d'fhonn iad siúd, a raibh an dara rogha acu, a choimeád ó dhoras.

Bhí Corca Dhuibhne ar fad, agus bheadh go tosach '48, ina chuid d'Aontas Dhlí Bocht Thrá Lí, an tarna aontas ba mhó sa tír. Is i dTrá Lí a bhí Teach na mBocht agus is ann a bhíodh cruinnithe den Bhord Bardachta. Ba mhéadú ar an anró é dóibh siúd ó iarthar na leithinise, a raibh orthu dul go Teach na mBocht, é bheith chomh fada sin óna mbailte agus óna muintir féin — turas 40 míle, nó mar sin, i gcás chuid acu.

Ag an taca seo, fós, i dtosach 1846, bhí méid áirithe de na gnáthdhaoine a raibh sé d'acmhainn acu cabhair bheag éigin a thabhairt do chomharsana ba ghátaraí ná iad féin. Dhein mná rialta na Toirbhirte sa Daingean a ndícheall, leis, agus ar ndóigh bhí The Rev. Chas. Gayer, an tUrr. Tomás Ó Muircheartaigh agus a bheirt dearthár, le tacaíocht an *Irish Society*, ag dáileadh súip orthu siúd a bhí sásta iompú ina bProtastúnaigh, rud a dhein beagán éigin. I bhfad na haimsire, áfach, nuair a ghéaraigh ar an ngátar, thug na ministrí seo cabhair leis, do *Romanists*, chun an téarma ba rogha leo féin, a úsáid. Cúis amháin a bhí leis an athrú seo, ab ea, go bhfuair Gayer fáltais airgid ó Chumann na gCarad, d'fhonn cabhrú leo siúd a bhí i ngátar, ar an gcoinníoll nach gceilfí fóirithint ar aon duine ar bhíthin reiligiúin.

Ó mhí Eanáir amach thosaigh cúrsaí ag donú go mear. Ar an 2ú lá d'Feabhra labhair An Treantach arís ag cruinniú eile den Bhord Bardachta agus dúirt sé go raibh an scéal ag dul in olcas in aghaidh an lae, go raibh sé ag féachaint gach lá ar chairn phrátaí, a mheathlaigh agus iad i dtaisce, á gcaitheamh amach. Dúirt sé go raibh obair ós na daoine, i ndáiríre, agus nár theastagh déirc uathu. 'They are willing to labour hard for their food' ar sé, 'the Government ought to give to a peaceable peasantry like them full employment'.[13]

Teacht na Márta bhí casadh eile chun donais ar an scéal. I litir a chuir an Treantach go dtí Capt Kennedy, cigire de chuid Choimisinéirí Dhlí na mBocht, ar an 9ú lá den mhí, dúirt sé go raibh an gátar ag dul i méid i gcónaí agus mar bharr ar an ainnise, go raibh fiabhras ag leathadh go láidir sa cheantar anois:

> Fever is very much on the increase. In some instances whole families are lying together in their miserable habitations there being no hospital nearer to them than Tralee nor no medical institutions save a general dispensary supported by the resident gentry.[14]

Bhí an Príomh-Aire, Peel, agus na húdaráis ag coimeád súil ar an scéal ón uair a tuairiscíodh an dubh a bheith ar na prátaí i dtosach. Bhí Peel ina Rúnaí Gnóthaí Baile i 1822, bliain ar theip an práta go tubaisteach in iarthar na hÉireann. Thuig sé go maith, óna thaithí an bhliain sin, gur gorta an toradh a bheadh ar theip seo na bliana 1845, muna dtionscnófaí feachtas fóirithinte agus bhí sé i gcumarsáid leanúnach le húdaráis Chaisleán Átha Cliath faoin ngnó.

I mí na Samhna bhunaigh an Rialtas Coimisiún Fóirithinte. Bhí sé de chúram ar seo eolas a bhailiú faoin soláthar bia sa tír agus dul i mbun fóirithinte nuair ba ghá. Faoi scáth an Choimisiúin bheadh Coistí Fóirithinte Áitiúla. Bhí de dhualgas ar na coistí seo airgead a bhailiú ina gceantair féin. Gheall an Rialtas go dtabharfaidís a chomhoiread leis an méid a bhaileofaí do na coistí áitiúla mar dheontas; geallúint é seo nár comhlíonadh go hiomlán, go minic. Cé nár eisíodh na treoracha le haghaidh na gcoistí fóirithinte áitiúla seo go dtí 28ú Feabhra, bunaíodh coiste sa Daingean ar an 4ú lá de Mhí na Nollag 1845. Bhí sé ar cheann de na chéad choistí a bunaíodh sa tír.[15]

D'fhéach an Rialtas chuige, chomh fada agus ab fhéidir é, gur aicme áirithe daoine a bheadh ar na coistí seo. I measc na ndaoine a bhí ar an gcéad choiste seo sa Daingean, bhí Edward de Moleyns, deartháir Lord Ventry, Edward Stokes, riarthóir an Ventry Estate Trust (Bhí an chuid is mó de thalamh Lord Ventry, an tiarna talún ba mhó sa leithinis, faoi riar na gcúirteanna ag an am sin), Francis Leahy, gníomhaire Lord Cork, an tiarna talún mór eile san áit, Herbert Clifford, Oifigeach Ceannais na nGardaí Cósta, mar aon le roinnt de shealbhóirí talún agus d'fhir ghnótha an cheantair. Bhí sé de riail ag an Rialtas go mbeadh baill den chléir, idir Chaitilicigh agus Phrotastúnaigh ar na coistí fóirithinte leis. Bhí an tAth. Ó hÉalaithe, an sagart paróiste ar an mBuailtín agus an tAth. Mícheál Ó Dubháin, an sagart paróiste sa Daingean ar an gcoiste seo i dteannta leis na hUrramaigh Thomas Goodman, Tomás Ó Muircheartaigh agus Chas. Gayer.

Daoine conspóideacha ab ea an Muircheartach agus Gayer mar go raibh siad an-ghníomhach sa bhfeachtas iompúcháin reiligiúin a bhí ar siúl sa cheantar ag an *Irish Society* le tamall roimhe sin. Bhí an feachtas seo dírithe go háirithe ar na boicht agus bia — súp de ghnáth — mar bhaoite. Chuir na sagairt Caitiliceacha go tréan ina choinne, rud a d'fhág nach raibh an dá aicme cléire ró-gheal dá chéile. Mar sin féin, tá gach cuma ar an scéal gur chomhoibríodar go sásúil mar bhaill den choiste agus pé míthaitneamh meoin nó easaontas a bhí eatarthu i dtaobh cúrsaí reiligiúin nach raibh sé ina cheataí ar an obair. Go deimhin tá fianaise ann go raibh An Muircheartach agus An Dubhánach, nuair a ghéaraigh an an ngorta, i gcomhar le chéile, go minic, ag seasamh an chirt do na boicht.[16]

I gcónaí, in am ganntanais, tosaíonn praghasanna bia ag éirí. De réir mar a mhéadaíonn ar an nganntanas, méadaíonn ar na praghasanna; sin é dlí an mhargaidh. Comh luath le deireadh Mí Eanáir, i mbliain a '46, bhí ardú suntasach tagtha, cheana féin, i nDaingean Uí Chúise ar phragas bia: bhí 12/- ar pheic prátaí nach raibh ach 7/- air an t-am sin an bhliain roimhe sin. D'itheadh duine fásta, a bhí ag brath ar phrátaí amháin, idir 10 agus 13 phunt meáchana in aghaidh an lae. Níorbh fhada le dul ar theaghlach de chuid na linne sin peic prátaí. Agus do lean na praghasanna ag éirí; ag cruinniú den Bhord Bardachta, i dtosach an Aibreáin, dúradh go raibh na praghasanna ardaithe 125% ar an mbliain roimhe sin.[17] Agus cuimhnímis nach raibh ag na bhfear oibre, má bhí obair aige, ach 4/- sa tseachtain de ghnáth. Ar ndóigh caithfear a chuimhneamh ná bíodh pá in airgead ag formhór na sclábhaithe ag an am i gceantar mar seo: is amhlaidh a chúitídís na feirmeoirí as an talamh scóir ina bhfásaidís a gcuid prátaí le hobair agus b'é an talamh scóir a bpá.

I Mí na Samhna, roimhe sin, bheartaigh Peel luach £100,000 d'arbhar Indiach a cheannach i Meiriceá. Bhí sé seo le cur i dtaisce in iostaí faoi leith agus le cur ar an margadh, de réir a chéile, nuair ba ghá srian a chur le hardú praghasanna. Bhí an príomhiosta i gCorcaigh, áit inar deineadh an gráinne a mheilt; bhí iostaí imdháilte i roinnt áiteanna fóirstineacha ar fud na tíre cosúil le Luimneach agus Gaillimh agus bhí fo-iostaí, anseo agus ansiúd, chun freastal go díreach ar an bpobal. Bhí ceann dá leithéid sin i nDaingean Uí Chúise. D'fhéadfadh na coistí fóirithinte áitiúla min a cheannach ós na fo-iostaí seo agus é a dhíol leis na daoine ar chostas ceannaigh. Tar éis a '46, áfach, d'ordaigh an Státchiste go gcaithfí an mhin seo a dhíol ar phraghas an mhargaidh.

Ar ndóigh, níorbh aon bhuntáiste do dhaoine bochta é bia a

bheith ar an margadh muna raibh airgead acu chun é a cheannach. Ní amháin sin ach go leor airgid chun riar a gcáis a sholáthar dóibh féin agus dá muirear. Ní raibh sé de réir creidimh eacnamaíochta ná polaitíochta an rialtais ag an am fóirithint in aisce a chur ar fáil. Bhíodar sásta, áfach, an deis a thabhairt do dhaoine beagán éigin airgid a thuilleamh chun go mbeadh sé ar a gcumas bia a cheannach. Dheineadar é seo trí oibreacha poiblí a thionscnamh chun fostaíocht a sholáthar dóibh siúd a bhí ina ghanntar. Dheineadar é le linn *Bliain na Mine Báine*, cuir i gcás, agus bheartaíodar é a dhéanamh arís i mbliain a '46. Bhí eagla ar an rialtas agus ar na húdaráis an t-am ar fad, áfach, go gcuirfeadh a n-iarrachtaí fóirithinte isteach ar gheilleagar an mhargaidh neamhshrianta agus ar phá na n-oibrithe agus ar bhrabús na gceannaithe. B'in cúis amháin a bhí leis an mhoill a bhí ar mhin Peel d'ainneoin daoine a bheith i ngéarghá agus b'in ba chúis leis le moill a bheith ar thosú na n-oibreacha poiblí; chomh déanach leis an 15ú lá d'Aibreán, agus é soiléir go maith, cheana féin, roinnt mhaith daoine a bheith i mbaol dúirt Suirbhéir Chontae Chiarraí:

> It is quite unnecessay for the Board to give employment to the labourers in that district (i.e. Corca Dhuibhne) until next month when the hurry of the Spring farming will be over.[18]

Pé acu ar thuig an fear seo é, nó nár thuig, bhí a lán daoine ag na am ar fud na leithinse, agus bhí le tamall anuas, faoi mar a thug an Treantach le tuiscint roimhe sin, nach raibh obair ar bith ar fáil dóibh.

Teacht an Aibreáin bhí méadú mór tagtha ar an líon daoine a raibh a gcuid prátaí ídithe. Agus iad sin go raibh aon phingin airgid acu ó phá, nó, toisc go raibh muc nó airnéis éigin eile le díol acu, níorbh fhada le dul an t-airgead sin agus an praghas a bhí ar bhia d'aon tsaghas chomh hard sin. Faoin taca seo, mar sin, bhí roinnt mhaith daoine i ngéarghá, go deimhin i mbaol báis leis an ocras, agus tá an chuma ar an scéal go raibh roinnt beag éigin daoine ag fáil bháis cheana féin leis an bhfiabhras a bhí forleathan sa cheantar. [19]

Ní raibh sé ar intinn ag an Rialtas, de réir cinneadh a bhí déanta acu roimhe sin, an mhin a scaoileadh ar an margadh go dtí 15ú lá de Bhealtaine, an lá a bhí na hiostaí áitiúla le hoscailt. Bhí sé soiléir, áfach, ós na tuairiscí a bhí ag teacht ó roinnt mhaith áiteanna ar fud na tíre, ó thosach na Márta amach, go háirithe, go raibh bia gann agus an bia a bhí ar fáil go raibh sé ar phraghas a bhí thar acmhainn na mbocht. Tuigeadh do na húdaráis, ar deireadh, nach fada go mbeadh sé ina ghorta dáiríre muna ngníomhóidís roimh an sprioc a bhí socraithe acu.[20]

Ar an 3ú lá d'Aibreán thug an Commisariat ordú "to place a small reserve at Dingle, not more than 5 tons".[21] Bhí an soláthar seo áiféiseach beag agus an tslí a bhí cúrsaí sa cheantar, rud a thuig na húdaráis iad féin, ní foláir, mar roinnt laethanta ina dhiaidh, fógraíodh go raibh sé ardaithe go 20 tonna — méid a bhí i bhfad ró-bheag fós.[22]

Ansin ar an 20 Aibreán tháinig *HMS Vulcan* don Daingean agus 20 tonna de mhin bhuí ar bord aici (ní raibh cead faoi na rialacha an Commissariat ag na Coistí seo níos mó ná 20 tonna a cheannach san aon am amháin).[23] Fuair coistí eile sa chontae min san am seo, leis, agus ansin, iontas na n-iontas, ar chuma mhíorúilt na mbullóg agus na n-iasc, tháinig carn prátaí agus coirce ar an margadh go hobann. Bia é seo a bhí á choimeád siar ag feirmeoirí, ní foláir, le súil go n-ardódh na praghasanna, a thuilleadh fós, agus go dtiocfaidís i dtír ar chruachás na mbocht. Ar a mbéal féin, áfach, is í an chúis gur choimeád siad an coirce ón margadh ná go raibh eagla orthu ná seasfadh na prátaí, agus gur choimeád siad pé prátaí breise a bhí acu, ón margadh i gcúiteamh ar na prátaí a fhéadfadh lobadh. Bhí an bia gan choinne seo "little short of magical" i bhfocail an *Kerry Evening Post*. Timpeall ar an am céanna tháinig Húicéir lán de phrátaí don Daingean ó Dhún na Séad.[24]

Ar an 26ú lá de Bhealtaine tháinig an *Hamilton Revenue*

Cutter don Daingean le last mine buí don Coiste Fóirithinte agus roinnt laethe ina dhiaidh sin tháinig 20 tonna de mhin buí ar *HMS Alban*.[26] Lean an mhin ag teacht — i longa na Banríona, de ghnáth — le linn blianta an ghorta ach níor tháinig dóthain riamh, ná níor tháinig sí minic ná tráthúil go leor.

B'é an toradh a bhí ar an bhflúirse gan choinne seo i nDeireadh na Bealtaine gur thit na praghasanna.[26] Ach má thit ní raibh ann ach cairde cúpla mí agus nuair a ghéaraigh an gátar arís sa bhFómhar thapaidh na "famine mongers", mar a baisteadh orthu, an deis arís chun teacht i dtír ar chruachás na mbocht rud a bhí siad ag déanamh i rith blianta an drochshaoil ar fad. Nuair a dúirt John Mitchell gurb é Dia a sheol chugainn an dubh, ach gurbh é an Sasanach ba chúis leis an ngorta, bhí níos mó den fhírinne aige ná mar a admhaíonn stairithe go minic: ach fuair sé cabhair, fuair sé cabhair cuir i gcás, ó cheannaithe chnósta an Daingin, ó bháicéirí bithiúnta ar an mbaile sin agus ó dhaoine eile a tháinig i dtír ar chruachás na ndaoine. Níor dhein gach siopadóir, gach báicéir, gach ceannaí san áit, an éagóir ach bhí cuid áirithe acu agus níor mhaith í a slí chun Dé. Ghearraidís praghasanna míchuíosacha ar ocraigh nach raibh an tarna rogha acu ach ceannach uathu; dhíolaidís tomhaiseanna gearra leo, agus dhíolaidís min a bhí meathlaithe, míbhlasta agus baolach le n-ithe. Dhíoladh na báicéirí bulóga aráin a bhí ar leathmheáchan.[27] Níl aon amhras ná gur mhéadaigh an tsaint seo cruatan na mbocht agus thug sé bás chuid éigin acu.

Cuireadh na prátaí in Earrach na bliana '46 faoi mar a cuireadh gach Earrach eile, d'fhás siad agus bhí siad ag teacht chun bláis. Ní foláir nó mheas a lán daoine nach raibh sa dubh ach éigeandáil bliana amháin agus go leanfadh bliain mhaith an drochbhliain faoi mar a dhein, de gnáth, le cuimhne na ndaoine. Ach ní gach éinne a chreid é sin, de réir dealraimh. Dúradh san *Kerry Evening Post*: 'emigration is very brisk from the area, especially from the neighbourhood of Dingle'.[28]

Bhí sé seo pas neamhgnách mar, faoi mar a deir Kerby

Miller,[29] is beag ardú a tháinig ar líon na n-imirceoirí ón tír i gcoitinne i dtosach ná i lár na bliana a 1846. Bhí daoine ag súil fós is dócha le fómhar maith. Pé scéal é, d'fhág dhá long imirceach Trá Lí ag tabhairt faoi siar go Ceanada i dtosach na Bealtaine. Thug an *Racer*, a bhí luchtaithe ag Micheál Ó Mainín, ceannaí sa Daingean, 165 duine go St John's, New Brunswick agus thug an *Eleutherea* 227 go Quebec. Níorbh iad bochtáin Chiarraí a bhí sna longa seo, ar ndóigh, ach feirmeoirí, lucht ceirde agus iad siúd eile a raibh costas na slí acu, rud ná beadh ag lucht na mbothán scóir ná ag sclábhaithe.[30] Bhí na feirmeoirí seo tar éis a gcuid stoic, a gcuid barraí agus aon rud eile a d'fhéadfaidís, a dhíol agus imeacht leo. Níor íoc siad cíos ná rátaí ach an oiread - agus bhí riaráistí ar chuid acu, mura raibh orthu ar fad, — ach choimeád siad an t-airgead le haghaidh an turais thar sáile.

De réir tuairiscí na nuachtán bhí na prátaí ag teacht chun cinn go breá anuas go lár Mí Meithimh, nó, mar sin. Ar an 10ú lá den mhí sin dúradh i dtuairisc ón Daingean san *Kerry Evening Post* go raibh na barraí go léir, an práta ina measc, ag féachaint go diail; ach ní fada a bheadh.

Ar an 13ú lá deág d'Iúil chuir na Gardaí Cósta tuairisc isteach ag rá go raibh an dubh braite arís ar fud na leithinise, — agus an Leitriúch san áireamh an babhta seo — cé go bhfuil an chuma ar an insint nár measadh an galar a bheith forleathan.[31] Ansin, go gairid ina dhiaidh seo tosaíonn na scéalta uafáis ag teacht tiubh te ó Clifford, Maitiú T. Ó Muircheartaigh agus daoine nach iad. Ní mór ná go bhfuil siad ar fad ar aon fhocal: níl an 10%, ar a mhéid, de na prátaí tagtha slán in aon áit sa leithinis. Ina litir ar an Luan, 4 Lúnasa, dúirt Clifford:

> Since Wednesday last, the day I was at Ferriter's Cove, that green country has become black. I could scarcely have believed that four or five days could have made such a change, every field is gone, especially the late crop.[32]

Bhí difríochtaí bunúsacha idir an scéal in '46 agus an scéal i '45. Tháinig an dubh i bhfad níos túisce i mbliain a '46 ná an bhliain roimhe sin — breis agus trí mhí níos luaithe i gcás Chorca Dhuibhne. Tháinig oiread prátaí slán ó bhiaiste a '45 agus a sheasaimh do chuid mhaith daoine go deireadh na Márta, nó tosach an Aibreáin; ach is beag práta, ar aon chor, a tháinig slán ar an taobh thiar de Dhaingean i '46. D'ainneoin seo, um dheireadh Lúnasa bheartaigh an Rialtas, de réir cinneadh a bhí déanta roimis sin, deireadh a chur leis na hoibreacha poiblí. Ar an 3ú lá de Mheán Fómhair dúirt comhfhreagróir ón Daingean san *Kerry Evening Post* -

> The potato crop is gone in Corcaguiney; oats has also suffered, starvation is staring us in the face, the ill advised suspension of public works, at this time, is fast clinching our misfortune.[33]

Tamall ina dhiaidh sin shocraigh an Rialtas go suífí iostaí bia, a bheadh faoina riar féin, i roinnt áiteanna fan an chósta, an Daingean ina measc.[34] Ar an tarna seachtain de Mheán Fómhair 1846 cuireadh 200 tonna mine agus 500 paca brioscaí i gcoimeád in iosta an Daingin, a bhí suite i gCeann an Ché. B'é a bhí i gceist go gcuirfí an mhin as an iosta seo ar díol aon uair a rachadh na praghasanna sna siopaí thar meán. Bhí ordú ón Státchiste ag T.B. Hill, a bhí i mbun an iosta, an bia a choimeád faoi iamh daingean agus gan é a chur ar díol go dtí go mbeadh sé:

> Absolutely necessary and even then, at such prices as would not interfere with the disposal, at reasonable rates, of any existing stocks belonging to private dealers in the neighbourhood.[35]

Prionsabal do-sháraithe ag na húdaráis ab ea gan dul in iomaíocht le *ceannaithe an chnósta* agus tá a fhios againn óna bhfuil ráite fúthu thuas cad b'ealaín dóibh siúd.

Chomhlíon Hill treoracha a chuid máistrí le dúthracht agus le dílseacht agus bhíothas ag gearrán go géar faoi ag cruinnithe den Bhord Bardachta um dheireadh na bliana. Dúradh go raibh iosta an Rialtais lán go barra de mhin 'yet the doors of the stores are kept locked while the poor are allowed to die of hunger'.[36]

Ón uair go raibh sé soiléir go raibh na prátaí teipthe arís agus ní amháin sin ach go raibh an scéal i bhfad níos measa ná an bhliain roimhe sin, bhí imní na cosmhuintire ag treisiú agus bhí siad ag éirí suaite, go háirithe ó thosach Meán Fómhair '46 amach. Ar an 21ú lá den mhí sin do mháirseáil slua mór de sclábhaithe an Daingin agus na bparóistí timpeall, tríd an mbaile, bratach dubh á iompar rompu amach agus na focail — *Trade, Work, Bread* — greanta air i litreacha móra bána. Chuaigh siad chun cainte le Lord Ventry, leis an sagart paróiste agus maithe eile agus 'after being remonstrated with', i bhfocail an *Kerry Evening Post*, scaip siad go síochánta. Gheall Ventry agus na daoine eile dóibh, de réir dealraimh, go ndéanfaidís a ndícheall a chur ina luí ar na húdaráis gur cheart na hoibreacha poiblí a atosú. Chuir Ventry an milleán ar fad ar an Rialtas toisc nach raibh obair ar fáil dóibh siúd a bhí ina ghanntar.[37]

Mháirseáil na daoine arís cúpla lá ina dhiaidh sin agus thosaigh lucht sealúchais agus maoine an cheantair ar a bheith ag breith chucu féin. Mhionnaigh beirt fhinné os comhair triúr giúistís go raibh na daoine meáite ar mháirseáil arís an tseachtain a bhí chucu agus go raibh sé beartaithe acu, muna bhfaighidís obair, 'to take away the lawful property and means of the well disposed of Her Majesty's subjects by force and violence'. Mhionnaigh duine den bheirt amhrasach seo — tionónta de chuid Lord Ventry ab ea duine acu agus bhí an teideal 'cléireach' ar an duine eile — gur chuala sé duine den tslua ag rá: 'Bígí ullamh don Luan; bígí i gcomhair chun sibh féin a chosaint'.[38]

Chuir Ventry agus a chomhleacaithe fios gan mhoill ar bhreis póilíní agus d'iarr siad ar an Seach-Aimiréal Pigott,

Oifigeach Ceannais Loingeas na Bainríona ar Chósta na hÉireann, long cogaidh a chur ar stáisiún i gCuan an Daingin.[39] Tharla go raibh an *HMS Rhadamanthus* i bhfothain ón síon i gCuan Fionntrá díreach ag an am seo. Chuaigh an tUrr. Ó Muircheartaigh ar bord agus litir aige ó na giúistísí ag éileamh cabhrach agus cosanta. Dá thoradh sin d'fhan an *Rhadamanthus* i bhfos i bhFionntrá ar feadh cúpla lá, ar eagla go mbeadh éirí amach i nDaingean Uí Chúise, d'ainneoin go raibh ualach mine ar bord inti le tabhairt go Sligeach agus práinn leis.[40] Dálta an scéil tá nóta ar cháipéis de chuid an Home Office faoin ngnó seo go léir a deir: 'riot at Dingle passed off peacefully'.[41]

De réir gach tuairisc eile chomh maith bhí na mórshiúlta seo sa Daingean síochánta rud nach raibh fíor faoi agóidí dá leithéidí a cuireadh ar siúl ina lán áiteanna eile ar fud na tíre, ag an am. Lasmuigh d'achrann a tharla i dtigh i gClochar, nuair a láimhsíodh maor a bhí ar na hoibreacha poiblí agus gur goideadh mála airgid uaidh, toisc gur bheag le dream sclábhaithe, a bhí ag obair ar bhóithre sa cheantar, an pá a bhí ag dul dóibh tar éis na seachtaine,[42] ní tharla corraíl ná círéib díobhálach sa leithinis le linn an drochshaoil. Go deimhin tagraíodh roinnt uaireanta, ag an am, do phobal na leithinise a bheith chomh síochánta sin, d'ainneoin gátair, cruatain agus daoine a bheith ag fáil bháis den ocras agus bia ina gcóngar.[43]

Dhein na longa cogaidh an-obair ag tarraingt mine go dtí na hiostaí in áiteanna éagsúla fan chósta an iarthair le linn an drochshaoil. Ná ceaptar, áfach, go raibh cabhlach na Bainríona imithe go huile agus go hiomlán le gníomhartha carthanachta toisc an gnó seo a bheith ar siúl acu. I gcáipéis de chuid na hAimiréalachta dúradh:

> Whilst the vessels will be employed in the conveyance of meal and other provisions, they will preserve their character and efficiency and will thus be always at hand to assist the civil powers and in preventing outbreak and in the protection of life and property.[44]

Tar éis an *peaceful riot* seo sa Daingean agus le linn thréimhse fhada an drochshaoil lean longa na Bainríona ag tarraingt mine go dtí an áit, agus fairis sin, ag cur cipí saighdiúirí mara, a bhíodh ag uainíocht ar a chéile, i dtír ann.[45] I slí ba chuí an rud é go mbeadh an cabhlach agus an t-arm gafa le cúrsaí fóirithinte ag an am, mar chomh luath le Mí Bealtaine 1846 luaitear i gcáipéis oifigiúil an gá a bhí le fóirithint ar *urgent distress* d'fhonn, *popular outbreak* a sheachaint.[46]

Ach ní raibh na húdaráis ag braith ar fhóirithint bia amháin, le ceannairc a chosc, is soiléir. Chomh déanach le Bealtaine a '48, nuair a bhí cuid mhaith de phobal na háite buailte go talamh le lagachar agus éadóchas tugadh ordú don *Rhadamanthus* buíon saighdiúirí mara a thógaint ar bord agus cur chun farraige; turas a thabhairt ar an Sciobairín, an Neidín, agus an Daingean d'fhonn a fháil amach conas a bhí cúrsaí sna háiteanna sin 'and to make a demonstration in each place so as to give confidence to the well-disposed'.[47] Bheadh ar an long a bheith isteach is amach as na cuanta éagsúla, Cuan an Daingin ina measc, i slí a thabharfadh le tuiscint do mhuintir an chósta nach raibh sí, ag aon am riamh, i bhfad ó bhaile 'A gun is to be fired at sunset and a volley of musketry at daylight and at 9 p.m.', ordú a tugadh don Chaptaen.[48]

Nuair a cuireadh obair ar fáil arís um dheireadh '46 tascobair ab ea é; sé sin, bhí méid an tuarastail ag braith ar an méid oibre a dhéantaí. D'fhág sin go bhféadfadh an fear láidir níos mó ná an gnáthphá de cheithre scilling sa tseachtain a thuilleamh ach an té nach raibh an neart ann de bharr aoise, éalainge nó ocrais, bhí thiar air. Ní bheadh an fear láidir láidir i gcónaí, ach an oiread, ceal a dhóthain le n-ithe. Is minic a bhíodh ar dhaoine bochta dul ar obair ar maidin ar bholg folamh, bóthar fada a chur díobh sa bhfuacht agus faoi bháisteach agus an lá a chaitheamh ag corraíocht leis an obair gan greim a chur ina mbéal. Ní aon ionadh gur cailleadh daoine ar an obair, ag imeacht agus ag teacht ón obair, nó, gur éalaigh an t-anam astu ag luí ar an sop ina mbotháin bhochta féin tar éis anró an lae. Níl aon amhras ach gur luathaigh an cruatan a rug orthu ar na hoibreacha poiblí a lán daoine chun na reilige. Dúirt, Stokes, Suirbhéir an Chontae, an té a leagadh amach an méid tasc-oibre a bhíodh le déanamh ag gach sclábhaí, go raibh náire air féin, mar innealtóir, a iarraidh ar na daoine seo a laghad sin oibre a dhéanamh; ar an taobh eile den scéal, bhí náire air mar dhuine, toisc an oiread sin oibre a éileamh ar dhaoine a bhí chomh léirithe leo.

Ní gach duine gátarach a fuair obair, ar ndóigh, mar go raibh teorainn leis an méid oibre a bhí á chur ar fáil. Níos measa ná sin ní hiad na daoine is mó a bhí ina ghanntar a fuair an obair i gcónaí.

> The business of the Dingle Relief Committee is very unsatisfactorily carried on; farmers have been recommended [don obair] and the really destitute not attended to.[49]

Ní raibh an tarna rogha ag cuid acu seo ach tabhairt faoi Theach na mBocht i dTrá Lí. Tháinig méadú mór ar a líon siúd ag druidim le Nollaig a '46 agus bhí an chuid is mó acu, muna raibh siad ar fad, in ainriocht. I dtosach cuireadh cóir iompair ar fáil dóibh siúd a raibh cead isteach le fáil acu, ach nuair a ghéaraigh ar an drochshaol, scaoil a lán daoine faoi ag siúl, cuid acu agus gan tarraingt na gcos iontu le hocras agus le lagachar. 'The paupers sent thence' (i.e. ó iarthar Chorca Dhuibhne) a dúradh san *Kerry Examiner* 'present a most shocking spectre like appearance'.[50]

Rud eile a chráigh agus a lagaigh daoine, timpeall an ama seo, ab ea na haistir fhada — aistir in aisce uaireanta, — a bhíodh le déanamh ag cuid acu ag dul ag triall ar ghreim bia. Ní raibh aon iosta, ná siopaí ina bhféadfaí min a cheannach, ach amháin sa Daingean agus ní i gcónaí a bhíodh min le díol ansiúd ná airgead ag an gCoiste Fóirithinte chun é a cheannach.

Dúirt an tUrr. Tomás Ó Muircheartaigh go bhfeiceadh sé

daoine, ag filleadh abhaile ón Daingean lena dtomhaisíní mine go dtí na háiteanna is sia siar sa leithinis, tar éis timpeall le 24 míle a bheith déanta acu agus tar éis feitheamh fada i measc an tslua, a bhí ag brú agus ag sá timpeall an iosta, agus iad buíoch má bhí oiread agus an leathchloch féin faighte acu; uaireanta ní bhfaighidís faic. [51]

Ar an 27 Feabhra scríobh Greenwell, cigire de chuid an Commissariat:

> To the west of Dingle the poor are suffering great privation. Even when possessing money, it is difficult to obtain a regular supply of food, depots not having been as yet established in the hamlets for the sale of small quantities: and in Dingle the supply being hardly equal to the demand and the arrival of vessels uncertain. The price is always considerably higher than in Listowel or Tralee.[52]

Níor tugadh aon toradh ar aisce an Mhuircheartaigh is baolach. Um dheireadh Mhí na Nollag bhí Trevelyan ag rá le Routh, cé nach dócha gur ar litir an Mhuircheartaigh a bhí sé ag cuimhneamh, ná beadh sé inmholta líon na n-iostaí sa tír a mhéadú. 'People would depend upon them excessively', ar sé - 'people would neglect other resources'.[53]

Agus cad iad na hacmhainní eile seo a bhí ag na daoine bochta? D'fhéadfaidís dul ag bailiú miongán, bairneach agus feamnaí sna cladaigh, neantóga, agus fiailí nach iad sna díoganna — agus le mire an ocrais, sin an rud a dhein cuid mhaith acu. I litir ag cur síos, ar Pharóiste Chill Chuáin níos déanaí, i Meitheamh '47, dúradh:

> There is not any means of sustenance that the mere animal creatures have for their support, that is not resorted to by these famine worn creatures. The very weeds of the field and shore are ravenously devoured by them.[54]

Bhí daoine ag fáil bháis den ocras de réir dealraimh ó lár Mhí na Samhna a '46 amach muna raibh siad roimhe sin. Dhéantaí iniúchadh cróinéara i dtosach ar na daoine a cailleadh agus fiú amháin bhí tagairt do chuid acu sna nuachtáin. Ach is gearr gur éirigh na cróinéirí agus na nuachtáin as — bhí daoine ag ceiliúradh ró-mhear agus ró-thiubh ag druidim le deireadh na bliana '46. 'People are dying with such rapidity in the Dingle district, that it is deemed an impossibility to hold inquests', a dúradh san *Kerry Evening Post*. Bhí oiread taithí anois ar dhaoine a bheith ag fáil bháis den ocras, a dúradh san alt céanna ná tugadh na póilíní a dtuairisc a thuilleadh.[55]

Scríobh an tUrr. Chas. Gayer, reachtaire Eaglais na hÉireann ar Pharóiste an Daingin agus Fionntrá:

> It seems to me that the deaths are not from a total loss of food or abstinence from food for some days, as that the small quantity that can be procured clearly is not sufficient to support life, so that people are dying by inches.[56]

I litir eile, tamall beag ina dhiaidh sin, dúirt sé go raibh a lán daoine tar éis bás a fháil de ghorta agus go raibh a lán eile ag seargadh leo de réir a chéile; nuair ná bíonn aon ghreim bia ag bualadh leo, ar sé, tugann siad faoin leaba agus is beag díobh a éiríonn arís. [57]

Fad a bhí daoine ag dul chun deiridh leo go mall ciapaithe d'fhan iosta an Rialtais sa Daingean iata. 'Nach truamhéileach an rud é', arsa an tUrr. Gayer, 'go bhfuil 300 tonna de bhia faoi ghlas in iosta an Rialtais, agus dá ndíolfaí é seo leis na boicht ar phraghas a bhí de réir a n-acmhainne, go dtiocfadh a dhá oiread daoine slán ón mbás. Ar an taobh eile den scéal má fhanann praghasanna an bhia sa cheantar seo mar atá gheobhaidh suas le dhá thrian den phobal bás.' 'The Government, I feel, are culpable, in allowing the poor to die, when they have food at their stores'. Ní dóigh liom go bhfuil aon áit eile ar talamh, ar sé, ina mbeadh daoine sásta, faoi mar atá siad anseo, luí síos agus bás a fháil de bharr easpa bia in ionad briseadh isteach sna hiostaí.[58]

Timpeall na Nollag '46 tháinig méadú mór agus obann ar ghadaíocht, go háirithe goid caorach, beithíoch agus ba. Bhí toradh ná beifí ag súil leis, ar seo, osclaíodh iosta an Rialtais sa Daingean don chéad uair. Thug Capt. Stewart, cigire Dhlí na mBocht, ordú 40 tonna mine a chur ar díol le súil go n-ísleodh praghasanna an mhargaidh agus go n-éireofaí as a bheith ag goid. D'ainneoin an ghátair, ní raibh a chuid uachtarán buíoch do Stewart, áfach, — rud a chuir siad in iúl dó go neamhbhalbh: 'Capt. Stewart's action was irregular and he has been advised accordingly', a scríobh Routh, Cathaoirleach an Choimisúin Fóirithinte.[59]

Ó thosach a '47 amach, bhí rud ba mheasa ná an bás féin ag tarlú, - bhí misneach na ndaoine ag teip go tubaisteach, bhíodar ag géilleadh don éadóchas. Ar an 2ú Eanáir 1847, scríobh Lt. Greenwell ina dhialann:

> The Barony of Corcaguiney is in a fearful state, ...the peasantry appears to have resigned themselves to their fate and never energetic, seem now to have lost all sense of self-reliance — the resident gentry, with one exception, do not appear to differ in any way from their poor neighbours. I can hear of no measures being taken by them to provide their tenants with barley or other grain; in fact these persons are left to their own resources. [60]

Ní miste a chuimhneamh ar ndóigh, go ndúirt Ventry, duine den *resident gentry* seo, leis na daoine a mháirseáil sa Daingean gur ar an Rialtas a bhí an locht nach raibh obair ar fáil dóibh agus go rabhadar sa chruachás ina raibh siad.

I Mí Eanáir gach bliain bhíodh broid agus griothall ar fheirmeoirí cois cósta ag bailiú feamnaí — bhí an fheamnach luachmhar mar leasú talún. Chuir sé alltacht ar Greenwell a thabhart faoi deara, in Eanáir na bliana '47, ná raibh aon duine á bhailiú fan chósta Chorca Dhuibhne ná aon suim acu ann.[61] In ionad a bheith ag cuimhneamh ar obair an Earraigh is amhlaidh a bhí *the better class of farmer* — mar a thugtar orthu i nuachtáin agus i gcáipéisí na linne — ag díol a gcuid stoic agus airnéisí eile agus iad ag prapáil chun scaoileadh faoin Atlantach siar, i gceann dhá mhí nó mar sin, nuair a bheadh an aimsir oiriúnach. As seo amach bheadh daoine ag tréigean a gcuid talún agus bothán sa cheantar go tiubh agus rachadh a líon siúd i méid, i bhfad na haimsire. 'Everything preshadows the certainty of an impending calamity by far more dreadful than the present', arsa Greenwell sa tuairisc a luaigh mé thuas.[62] B'fhíor é a thairngreacht.

Tamall ina dhiaidh sin, dúirt sé go raibh ardú míchuibheasach ag teacht ar líon na ndaoine a bhí ag fáil bháis 'especially to the West of Dingle' agus cháin sé go géar, 'the several influential persons' a gheall airgead chun obair a thionscnamh sa cheantar agus dúirt:

> Their promises still remain unfulfilled and I cannot discover that any steps are being taken by the proprietors (except two gentlemen of small property) to meet the distress and demand for employment on the closing of the present works.[63]

Ag tagairt do gheimhreadh a '46 agus Earrach a '47 ina dhiaidh sin, dúirt an tUrr. Ó Muircheartaigh gur tháinig ísliú de 2,000 ar phobal de 7,000 i ranna toghacháin Fhionntrá, Dhún Chaoin agus Dhún Urlann.[64] Dúirt a dheartháir Maitiú Treantach Ó Muircheartaigh ag an am:

> The Roman Catholic clergy almost live in their saddles and even so, I am sure they cannot administer the rites of their church to all who die within its pale.[65]

Lasmuigh de na boicht iad féin a fhulaing ocras, galar agus

bás, ní raibh aon dream eile ar rug an oiread sin cruatain orthu, ag an am, leis na sagairt. Níor sheasaimh An tAth. Dónall Ó hUallacháin, an fear a tháinig i ndiaidh an Athar Uí Éalaithe mar shagart paróiste ar an mBuailtín, i bhFómhar a '46, ach roinnt míosa nuair a theip an tsláinte air. Cailleadh an tAth. Seán Ó Gealbháin, fear óg a naoi mbliana is fiche, a tháinig don pharóiste i Márta '47, den bhfiabhras bliain, nó mar sin, tar éis a theacht. Cailleadh an tAth. Ó Dubháin, sagart paróiste an Daingin le calar i mí na Bealtaine '49. Agus níor tháinig na ministrí Protastúnacha slán ach an oiread. Cailleadh an tUrr. Gayer in Eanáir '48, in aois a 42, agus síneadh cuid eile acu, ó am go ham, an tUrr. Tomás Ó Muircheartaigh ina measc, leis an bhfiabhras.

Teacht na bliana '47 bhí sé soiléir go raibh teipthe cuid mhaith ar na hoibreacha poiblí mar iarracht fóirithinte agus bheartaigh an Rialtas deireadh a chur leo. Ritheadh an *Temporary Relief Act* nó an *Soup Kitchen Act*, mar a thugtaí coitianta air, i dtosach Mí Feabhra. De réir an Achta seo bhí *Soup Kitchens* le suí anseo agus ansiúd sna ceantair ghátaracha chun bia cócaireáilte a sholáthar in aisce dóibh siúd a bhí ina ghanntar. Ní bheadh anseo ach scéim shealadach agus b'é intinn an Rialtais deireadh a chur leis ar an 15ú Lúnasa nuair a bheadh an fómhar le baint — fómhar a bheadh gann go maith, ba shoiléir, toisc nár deineadh a lán curadóireachta san Earrach.

Ar an 20ú lá de Mhárta, cé nach raibh na cistineacha súip ag feidhmiú go fóill, laghdaíodh an líon daoine a bhí ag obair ar na hoibreacha poiblí 20% agus cuireadh deireadh ar fad leis na hoibreacha um dheireadh an Aibreáin. Tháinig anbhá ar dhaoine, mar dá ainnisí iad na hoibreacha seo mar dheis fóirithinte, ba mheasa a bheith gan iad agus gan faic curtha ina n-ionad. Ar an 27ú Márta dúirt comhfhreagróir ón Daingean sa *Tralee Chronicle*:

> We are threatened with an outbreak here on account of some labourers being taken off the works. It will be the

death warrant of numbers who are dying by the scores to the West of Dingle.

I litir sa pháipéar céanna an an 16ú d'Aibreán, dúirt Maitiú Treantach Ó Muircheartaigh:

> In addition to our distress the Board of Works has acted on the letter of the law in dismissing 40% of the labourers, in consequence of which there have been many deaths for the last fortnight, not a particle of the gratuitous relief having as yet reached us.

Bhí grinneall na hainnise sroiste anois ag an gcosmhuintir, go háirithe in iarthar na leithinise, agus tugann an Muircheartach le tuiscint sa litir chéanna go raibh na daoine ag éirí neamh-mhothálach agus dí-dhaonnaithe de thoradh an ró-chruatain agus an ró-aithne ar an mbás. Ní raibh cúram cóir á dhéanamh den adhlacadh a thuilleadh, a dúirt sé, agus ní bhíodh i gcomhairithe go minic ach duine aonair:

> ... a poor solitary creature ... tottering beneath the weight of a lifeless body wrapped in an old sheet or bag ... perhaps a husband, perhaps a child, a brother or sister — themselves almost as corpselike as their burdens and bearing in their deathlike countenances and worn out frames the unerring impress of the same fearful end ere a few short days shall elapse.

Nuair a d'oscail na cistineacha súip tháinig feabhas ar an scéal agus cé nár bhia ró-chothaitheach é an súp, nó an leite a bhí á dháileadh astu, — ní bhíodh ann ach uiscealach go minic — choimeád sé an dé sna daoine agus dealraíonn sé gur bheag acu a fuair bás fad a bhí scéim an tsúip ar siúl. Bhí dhá chistin sa Daingean, agus bhí cinn eile i nDún Chaoin, ar an mBaile Uachtarach, i mBaile an Fhirtéartaigh, i Minaird, i gCeann Trá agus sa Chlochán.[66] Bhí cistineacha príobháideacha ag feidhmiú sa cheantar, leis, le linn an ama seo.

I mí an Mheithimh ritheadh an *Poor Law Extension Act*. De réir an Achta seo bheadh an fhóirithint ar fad, ó Fhómhar na bliana 1847 amach, faoi Dhlí na mBocht agus bheadh ar gach Aontas Dhlí na mBocht costas fóirithinte sa cheantar, a bhí faoina réir, a sheasamh as rátaí bocht an cheantair sin. B'iad na ceantair ba mhó gátair b'airde rátaí agus ba lú a raibh acmhainn acu ar na rátaí sin a íoc. Ghéill an rialtas sa mhéid sin agus cheadaigh siad faoi choinníollacha dochta, méid áirithe cabhrach ón taobh amuigh a thabhairt do na cinn ba bhoichte. D'fhógair siad 20 Aontas fan chósta an Iarthair a bheith 'gátarach' agus i dteideal na cabhrach seo agus bhí An Daingean, nuair a deineadh é a dheighilt ó Aontas Thrá Lí, ina measc sin.

Thug an rialtas le tuiscint anois go raibh an gorta thart! Níor shroich an dea-nuacht seo Corca Dhuibhne, ná aon cheantar gátarach eile, ní foláir, mar do lean daoine de a bheith ag fulaingt agus, níos déanaí sa bhliain, ag fáil bháis arís, go tiubh, de ghalar agus de ghorta!⁶⁷

I lár mí Iúil chuir giúistísí, cléir agus lucht íoctha rátaí i mBarúntacht Chorca Dhuibhne achainí go dtí an Fear Ionaid agus chuir siad in iúl dó go raibh imní orthu mar gheall ar dhúnadh na gcistineacha súip ar an 15ú lá de Lúnasa. Dúirt siad nach raibh fostaíocht phríobháideach ná poiblí d'aon tsaghas ar fáil sa cheantar agus go raibh na liostaí fóirithinte imithe thar cuimse. Bhí 21,000 candam bia á dháileadh gach lá faoin *Temporary Relief Act* i measc pobail de 38,000 duine.⁶⁸ Cuid mhaith díobh siúd, a bhí ag fáil an bhia seo, b'iad na daoine iad a bhí ag brath ar thalamh scóir go n-uige sin, ach ní raibh talamh scóir ar fáil a thuilleadh mar shás chun fostaíocht agus bia a sholáthar de bharr teip an phráta. Pé cothrom a fhéadfaí a bhaint as an *Poor Law Extension Act*, i bhfad na haimsire, b'é tuairim lucht na hachainí nach raibh aon dul air, agus cúrsaí mar a bhí, go bhféadfaí fónamh don líon mór daoine gátaracha chomh luath leis an 15ú lá de Lúnasa. Bhí an tAontas go mór i bhfiacha — go deimhin caitheadh iasacht a fháil ó na Coimisinéirí d'fhonn costaisí Theach na mBocht a sheasamh, i dtreo ná dúnfaí é. Níor tugadh aon toradh ar an achainí agus cuireadh deireadh leis na cistineacha súip i lár Mheán Fómhair, beagán níos déanaí ná an dáta a bhí ceapaithe.

Ní mór an speilp a bhí ar fhormhór úinéirí agus shealbhóirí talún cheantar Chorca Dhuibhne, um an dtaca seo, agus bhí teorainn lena n-acmhainn siúd, a raibh sé dlite orthu, cíos na mbocht a íoc. Go deimhin, dúirt an bailitheoir i gceantar an Daingin ag cruinniú den Bhord Bardachta, i Mí na Nollag, go raibh roinnt mhaith rátaí nach bhféadfaí a bhailiú, ar aon chor, toisc nár dhein roinnt tionóntaí curadóireacht ar bith san Earrach agus nach raibh earraí d'aon tsaghas acu, anois, a d'fhéadfaí a thochslú i gcúiteamh ar na rátaí a toibhíodh orthu.[69] I mí Iúil dúradh sa *Tralee Chronicle*:

> Live agricultural stock is fast diminishing in the poorer district of Corcaguiney. In place of its being overstocked, as it used to be, there are not enough cows, or, sheep to feed the lowlands and young stock have almost entirely disappeared, having been either killed, stolen or sold at inadequate prices — sheep are becoming very scarce.[70]

Níos déanaí, i Mí Deireadh Fómhair, dhein an tUrr. Tomás Ó Muircheartaigh suirbhé ar bhailte fearainn áirithe in iarthar na leithinise agus léiríonn toradh an tsuirbhé seo an díothú a bhí tagtha ar stoc agus an laghdú a bhí tagtha ar churadóireacht. Ar an mBaile Uachtarach, i bParóiste an Fhirtéaraigh, cuir i gcás, ní raibh ach muc amháin in ionad an 60 a bhí ann an bhliain roimhe sin, 20 caora in ionad 200 agus 12 bhó in ionad 46.[71] Bhí bailte fearainn eile na leithinise, go háirithe san iarthar, ar an gcuma chéanna.

'How can property so circumscribed support the able bodied poor in addition to the infirm' a d'fhiafraigh an tUrr. Ó Muircheartaigh. Bhí a réiteach féin ag cuid éigin d'fheirmeoirí an cheantair ar an bhfadhb, de réir mar a fheicimid ó thuairisc ón Daingean sa *Tralee Chronicle*:

> Emigration is receiving a fresh impulse in this locality from the excess of poor rate taxation both for ordinary purposes of the workhouse and to meet the expenses of the Temporary Relief measures. These rates, taken in connection with the County Cess are found to be so severe that it is driving many of the tenantry, who did not intend to leave the country, to the determination of emigrating to escape the ruin that must result from those courses.[72]

Tá an scéal céanna ag tuairisceoir sa *Tralee Chronicle* seachtain ina dhiaidh sin agus mar aguisín, deir sé 'This with concurring fever and dysentry will nearly depopulate this Barony'.[73]

Ní raibh aon dul air, ar ndóigh, go dtabharfadh an Rialtas toradh ar an achainí sin, i Mí Iúil, ó na giúistísí agus íocóirí cánach Chorca Dhuibhne, mar d'ainneoin go raibh Éire ina cuid den United Kingdom of Great Britain and Ireland de réir Acht an Aontais bhí cinneadh daingean déanta ag an Rialtas go mbeadh ar an lucht sealbhúchais in Éirinn an costas a thiocfadh as dealús na hÉireann a sheasamh iad féin feasta. B'ionann cinneadh seo an Rialtais, ar ndóigh, agus na mílte agus na mílte a dhaoradh chun báis, rud a tuigeadh ag an am, ní foláir.

Ní hionadh, agus an scéal mar bhí, go rabhthas ag cur i gcoinne íoc rátaí na mbocht teacht Fómhar a '47. Bhí bagairt á dhéanamh ar bhailitheoirí, agus nuair a tochslaíodh stoc, toisc nár díoladh rátaí, ionsaíodh na driveírí uaireanta, nó, réabadh pónaí agus tógadh an stoc ar ais: i bhfocail Col. Stokes, cathaoirleach an Bhoird Bardachta: 'Resistance is general throughout the Barony, if the rate is not got in speedily the destitute people must suffer greatly during the winter'.[74] Ní foláir, tar éis tamaill, go ndeachaigh anchás na mbocht agus b'fhéidir baol corraíola i measc na n-ocrach, i bhfeidhm orthu siúd, a raibh rátaí dlite orthu, agus a bhí in ann iad a íoc, mar tháinig ardú ar íocaíochtaí i ndeireadh na bliana, go háirithe sna ceantair bhochta in iarthar na leithinise. Bhí an ráta íocaíochta sna ceantair sin níos fearr ná sna ceantair, a bhí níos rachmasaí ná iad i gcomharsanacht Thrá Lí, rud ar thagair Capt. Hotham, cigire Dhlí na mBocht, dó ag cruinniú den Bhord Bardachta.[75]

Bhí gach cuma ar an scéal, mar sin, ag druidim le geimhreadh '47/'48, geimhreadh a bheadh fuar agus fliuch thar an gcoitiantacht, go raibh an bás ag feitheamh leis na céadta agus na céadta de dhaoine bochta dearóile na leithinise muna dtionscnófaí mórfheachtas fóirithinte. I dtuairisc a scríobh cigire an Choimisiúin Fóirithinte, ar an 9 Deireadh Fómhair, dúirt sé:

> I do not think I am over the mark in stating that in one part of the Barony there is not food for six weeks. Before I left the Barony the Coast Guard at Dunquin had reported that starvation had commenced. The district cannot be sufficient for their maintenance, there being no cultivation whatsoever, of potatoes in the score ground. They have therefore only to look for the means of purchasing other food by their labour and for that labour there is no market.[76]

Faoin *Poor Law Extension Act* d'fhéadfadh na Boird Bhardachta fóirithint bhaile a sholáthar do na *boicht éagumasacha* (i.e. easláin, seanóirí etc.) agus do bhaintreacha a raibh beirt leanbh nó níos mó ag brath orthu. Bhí de chead acu, leis, bia cócaireálta a sholáthar mar fhóirithint bhaile do dhaoine urrúnta, ar feadh tréimhsí de sé mhí, dá mbeadh Teach na mBocht lán, nó dá mbeadh fiabhras nó galair thógálacha eile leitheadúil ann.

Is ar na Boird Bhardachta a bhí an cúram cúrsaí fóirithinte a riaradh ina gceantair féin, le cabhair treorach ó chigire de chuid Choimisiún Dhlí na mBocht. Bhí oifigigh fóirithinte ag feidhmiú faoi na boird. Ba chuid dá a ngnó siúd éisteacht le héilimh ar fhóirithint agus liostaí díobh siúd a bheadh tuillteanach a chur os comhair an Bhoird. Ní ró-sheolta ná ró-chothrom a bhí obair a lán de na Boird seo agus b'amhlaidh a bhí an scéal ag Bhord Thrá Lí.

Bhí na Bardaigh agus na hoifigigh fóirithinte gan taithí ar an ngnó agus cuid bheag éigin acu ar bheagán cumais agus éifeachta rud a d'fhág a shliocht ar an obair. Bhí fo-dhuine, leis, a bhí mhímhacánta. Bhíodh bardaigh ag cantáil fóirithinte ar a chéile dá gceantair féin ag cruinnithe an Bhoird agus ghéill oifigigh fóirithinte mímhacánta don bhfabharaíocht agus iad ag riaradh na fóirithinte.[77] Uaireanta, leis, ghéill oifigigh don bhagairt agus do lamháladar fóirithint do dhaoine ba lú gátair ná daoine eile agus breis agus a gceart do dhaoine eile fós.[78] Ba cheataí breise ar mhuintir an iarthair iad a bheith suite i bhfoircheann leithinise fada caol agus turas 30 go 40 míle le déanamh go láthair cruinnithe an Bhord Bhardachta agus Teach na mBocht. Dúirt Hotham ar an 26ú Samhain:

> In Dingle starvation has set in. We are paralysed not from want of money, but efficient relieving officers and the enormous size of our Union.......outdoor relief is in operation for the infirm but the able bodied are in terrible distress — I do not know what to do with them at present; the poor range over the fields looking for potatoes left by the farmers.[79]

Cúpla lá ina dhiaidh sin chuir sé in iúl go raibh Teach Bocht ag teastáil sa Daingean mar 'positive necessary humanity and the notorious insufficiency of the present accomodation requires it'. Tugadh toradh i bhfad na haimsire ar Hotham agus ar dhaoine eile a bhí ar aon intinn leis: deineadh aontas ar leith den leithinis go luath i '48. Tosaíodh ag bunú tithe bochta sealadacha ag an am seo. Tionscal fáis a bheadh go ceann tamaill, i mbunú agus i riaradh tithe bocht. Sula rachadh an drochshaol i léig bheadh aon cheann déag sa Daingean, ceann amháin i Móin an Rí, taobh leis an Daingean agus ceann eile ar a dtugtaí Botany Bay, le míghean, i Lios Uí Chearnaigh.

Thosaigh méadú ag teacht ar an méid daoine, a bhí ag iarraidh dul isteach i dTeach na mBocht i dTrá Lí, ón uair a cuireadh deireadh leis na cistineacha súip agus faoi Mhí na Samhna bhí an áit lán go doras.

Lean ocraigh ó iarthar na leithinise ag scaoileadh faoi soir, áfach, agus iad ag súil go scaoilfí isteach iad.[80] Nuair ná scaoiltí isteach iad, ní bhíodh de rogha acu ach tabhairt faoi abhaile arís, nó dul ag iarraidh déirce ar shráideanna an bhaile mhóir, rud a dhein cuid acu. De réir dealraimh b'fhurasta iad seo a aithint ón ngnáthlucht déirce; bhí siad glas ar an ndéircínteacht, agus bhí siad náireach, faiteach, leathscéalach. Cailleadh daoine ar an mbóthar soir go Trá Lí, cailleadh daoine ar thaobh na sráide thoir, cailleadh daoine ag iarraidh an baile a bhaint amach arís. Agus cailleadh daoine i dTeach na mBocht le galair — galair ná tógfaidís, ar aon chor, b'fhéidir, dá dtabharfaí greim le n-ithe dóibh agus iad ina mbotháin bheaga féin.[81]

Ní raibh fóirithint bhaile ar fáil, fós, um an dtaca seo, do dhaoine gatáracha urrúnta agus bhí Coimisinéirí Dhlí na mBocht ag cur oiread moille air agus ab fhéidir. I dtosach Deireadh Fómhair chuaigh Sagart Paróiste an Daingin an tAth. Ó Dubháin agus an tUrr. Ó Muircheartaigh os comhair chruinniú d'Aontas na mBocht i dTrá Lí d'fhonn ainriocht na ndaoine in iarthar na leithinse a chur ina luí ar na Bardairí. D'impigh an Dubhánach orthu fóirithint bhaile a cheadú do dhaoine urrúnta, mar muna ndéanfaidís sin go mbeadh na daoine seo 'spíonta', amach is amach, laistigh de choicíos.[82]

Níor tugadh aon toradh air ní foláir mar suas le dhá mhí ina dhiaidh sin luadh arís an gá a bhí le fóirithint bhaile a chur ar fáil. Dúirt Éamonn Hussae, Bardach ón Daingean, ag cruinniú den Aontas:

> The able bodied poor in Dingle are in worse condition

than those who are getting out door relief. There was a great crowd assembled in Dingle last night, all able bodied people who traversed the town in the middle of the night in the rain; their cries were most pitiable.[83]

Nuair a cuireadh fóirithint bhaile ar fáil do na daoine seo, ar ball, níorbh é lár a leasa é. Bhí orthu a hocht go deich n-uaire an chloig oibre sa lá a dhéanamh ar a shon agus chaitheadh an obair a bheith, i bhfocail na n-údarás, 'as repulsive as possible consistent with humanity' — ag briseadh chloch ar na bóithre de ghnáth - agus tá an chuma ar an scéal go raibh an callshaoth agus an lagú céanna ag baint leis an obair seo agus a bhí leis na hoibreacha poiblí i mblianta a '46/'47.

Scríobh tuairisceoir an Daingin san *Kerry Evening Post* i Mí na Nollag '48:

The able bodied poor of this Union, in receipt of outdoor relief, are now employed in breaking stones. This will be the death of many of these poor wretches, half naked and half starved, they can hardly stand such inclement weather, when they have not the comfort of a fire as they had last season.

Luigh an tAcht nua go trom ar chuid de na Tiarnaí Talún. Bhí cuid mhaith dá gcuid tionóntaí nárbh acmhainn dóibh cíos ná rátaí a íoc ar aon chor; bhí cuid eile tar éis teitheadh leo thar sáile agus riaráiste fada cíosa agus rátaí fágtha ina ndiaidh acu. Bhí ar na tiarnaí féin rátaí iomlána na dtionóntaí faoi luacháil de £4 a íoc agus leath dá rátaí siúd a bhí os cionn £4. B'é an réiteach a bhí acu siúd ar an bhfadhb seo, go minic, tosú ar na tionóntaí a bhí chun deiridh lena gcuid cíosa a dhíshealbhú. Tháinig ardú mór ar an díshealbhú sna blianta seo, go háirithe, ó thosach a '48 amach. Glanadh bailte fearainn iomlána. Glanadh an Fearann, Baile Uachtarach, Baile an Fhirtéaraigh, na Cluainte, Cathair Caoin, Márthain agus a lán bailte fearainn eile ar fud na leithinise. Is féidir na fáthanna a bhí ag na tiarnaí talún leis an díshealbhú seo a aithint ach is deacair an drochíde a d'imir siad ar a gcuid tionóntaí gan chosaint a mhaitheamh ná a thuiscint. Leibhéaladh na tithe agus tiomáineadh na daoine bochta, gan spléachas don ainriocht ina raibh siad, le fuacht agus le fán.

Tá cuntas againn, mar shampla, ó Sir John Ross, Cigire Choimisiún na mBocht ar an íde a d'imir an Ventry Trust Estate ar Mhuintir Bhaile na bPoc, i bParóiste Mórdhach, maidin fhuar fhliuch i lár mí Eanáir a '48. An mhaidin sin do caitheadh 30 teaghlach, suas le 150 duine ar fad, amach as a ngabháltaisí beaga. D'fhan siad ar thaobh an bhóthair agus gan de chosaint acu ón ndrochaimsir ach pubaill shuaracha, de shaghas, a dheineadar as plaincéadaí agus pé troscán a bhí acu. Cailleadh ceathrar nó cúigear acu, fad a bhí siad sna pubaill seo, agus cailleadh a lán eile acu ina dhiaidh sin in ospidéal fiabhrais an Daingin. Cailleadh a thuilleadh acu leis an ocras, agus leis an bhfuacht — bhíodar leath-nocht, de réir dealraimh, agus iad ag briseadh chloch ar na bóithre. Measadh gur cailleadh idir 80 agus 90 ar fad as an 150. Tar éis seacht seachtaine, nó mar sin, díbríodh a raibh fágtha acu ó thaobh an bhóthair agus bhailigh siad leo ar an bhfán.

Cuireann Sir John Ross le truamhéil an scéil, nuair a deir sé:

> — until a few days ago very few of these people have applied to us for Relief, being detered from doing so under the apprehension that the Committee would have been informed that a few miserable sheep valued at about 2/- each still remained among them.[84]

I dteannta na bhfeirmeoirí a bhí ag imeacht ar imirce nó a bhí á ndíshealbhú, bhí cuid mhaith feirmeoirí beaga eile ag tréigean a gcuid gabháltas dá ndeoin féin, cé nár lena dtoil é, luath go maith i mblianta an drochshaoil. Bhí sé seo ag tarlú de thoradh an *Gregory Clause*, mír dhanartha i nDlí na mBocht.

Faoin *Gregory Clause*, ní lamhálfaí aon fhóirithint do dhuine a raibh níos mó ná ceathrú acra talún aige. D'fhág sin nach raibh an tarna rogha ag roinnt áirithe de na feirmeoirí beaga ach éirí as a gcuid gabháltas agus bhí cuid éigin acu tosaithe ar seo cheana féin teacht Samhain a '47 agus iad ag iarraidh dul go Teach na mBocht.[85] Rachadh a líon i méid le himeacht aimsire. I bhFeabhra '48 deir Hotham:

> Relative to the extreme western [electoral] divisions the small farmers are utterly broke and, surrendering their land in all districts, are paupers to receive relief.[86]

De thoradh imirce, tréigean éadoilteanach na talún, díshealbhú, galar agus gorta bhí pobal Chorca Dhuibhne, go háirithe in iarthar na leithinse léirithe go maith ag druidim le blianta deiridh an drochshaoil — go deimhin bhí bailte fearainn áirithe díothaithe ar fad. Um dheireadh Eanáir 1848 dúirt Capt. Hotham:

> The state of the western districts defies description, there is nothing left but huts and ragged paupers, no houses, corn, sheep or anything else. This may have been caused from the small occupiers selling everything to avoid rates and rents prior to emigration.[87]

I mBealtaine na bliana '49 dúirt James Murphy, Teagascóir Talamhaíochta, a bhí tagtha don cheantar, go raibh an áit seo ar fad:

> In a most deplorable condition, the land lying waste, tenants absconding and emigrating such as have the means to do so.[88]

Ach is olc an ghaoth nach séideann do dhuine éigin agus níor sáraíodh an seanfhocal sin fiú amháin le linn an drochshaoil. In Eanáir a '48 agus é ag tagairt do na feirmeoirí beaga a bheith ag tréigean na talún dúirt Hotham:

But the natural cause of things is working around even that. Landlords are consolidating their farms .... substantial farmers are gradually taking over and they are obtaining the lands at a very reduced rent. The Poor Law is a marvellous law for Ireland.[89]

Is soiléir ón sliocht seo thuas ó Hotham go raibh ceann de phriomh-iarmhairtí an drochshaoil ag fabhrú cheana féin ar fud na leithinise agus go raibh cuid dá bhuíochas sin ar Dhlí 'marvellous' seo na mBocht. Bhí deireadh ag teacht lena lán de na gabháltais an-bheaga agus bhí an talamh a tréigeadh agus a coigistíodh á roinnt i bhfeirmeacha a bhí níos mó. Ina theannta sin bhí siad siúd a bhíodh ag brath ar thalamh scóir á scuabadh chun siúil. Bheadh an chuid is mó dá n-iontamhla siúd sna blianta ina dhiaidh sin, ag bailiú leo go líonmhar thar sáile. I bhfad na haimsire bheadh Bostún agus Springfield, Mass. níos cruthanta agus níos aithnidiúla in aigne mhuintir Chorca Dhuibhne ná Áth Cliath agus Corcaigh. Níl aon amhras ná gur tháinig feabhas ar gheilleagar na leithinise, agus ar chaighdeán beatha cuid éigin de na daoine, de thoradh an drochshaoil ach má tháinig b'fheabhas é a ceannaíodh go ró-dhaor.

NÓTAÍ

1 *Kerry Evening Post*, (*KEP* iar seo) 17 M. Fómh.1845.
2 HO 45/194/2.
3 *Ibid*.
4 *Ibid*.
5 *KEP*, 28 D. Fómh.1845
6 Relief Commission Papers, 1845-47 (RLFC iar seo), 1/2/441/16
7 *KEP*, 12 Nollaig 1845
8 HO 45/1080/3
9 *KEP*, 22 D. Fómh. 1845 (tuairisc ar cruinniú den Mansion House Committee)
10 *KEP*, 12 D. Fómh.1845
11 RFLC3/1/360
12 *KEP*, 21 Ean. 1846
13 *KEP*, 4 Feabh. 1846
14 RLFC3/1/683
15 RLFC3/1/1846
16 *Tralee Chronicle* (*TC* iar seo), 9 D.Fómh. 1847

17 *KEP*, 4 Feabh. 1846; 8 Aibreán 1846
18 RLFC3/2/1462
19 RLFC3/2/1385
20 HO 45/1180/6; RLFC3/1/1385
21 WO63/111
22 *Ibid*.
23 Distress Papers, 1840-1855 (D iar seo) 22227
24 16 Bealt. 1846
25 *KEP*, 27 Bealt. 1846:,10 Meith. 1846
26 *KEP*, 25 Aibreán 1846; 16 Bealt. 1846; 30 Bealt. 1846
27 *KEP*, 4 D.Fómh. 1846; 16 Nollaig 1846; T64/368A
28 *KEP*, Bealt. 1846
29 Kerby A Miller, *Emigrants and Exiles* (NY 1985),.271*.
30 *KEP*, 9 Bealt. 1846
31 RLFC3/1/4466
32 T64/366/1
33 *KEP*, 3 M. Fómh. 1846
34 WO 63/113
35 Correspondence from January to March 1847 relating to the measures adopted for the relief of distress in Ireland. Board of Works series (second part) 1847
36 Bord Bardachta Thrá Lí, Miontuairiscí, 10 D. Fómh. 1846
37 *KEP*, 23 M. Fómh. 1846 /*TC* 26 M. Fómh. 1846
38 Outrage Papers, 1846
39 *Ibid*.
40 *Ibid*.
41 HO 45/1080
42 Outrage Papers 1846: T64/363D
43 D 2529
44 *KEP*, 31 D. Fómh. 1846 (Admiralty Report)
45 Adm 53/2115/2116: Adm 53/2754: Adm 2/1541
46 Outrage Papers 1847?
47 Adm 2/1550
48 ADM 1/5587
49 Correspondence from January to March 1847 relating to the measures adopted for the relief of distress in Ireland. Board of Works series (second part) 1847
50 *Kerry Examiner*, 22 Nollaig 1846.
51 D 5077
52 Correspondence from January to March 1847 relating to the measures adopted for the relief of distress in Ireland. Board of Works series (second part) 1847
53 Correspondence from January to March 1847 relating to the measures adopted for the relief of distress in Ircland. Commissariat series (second part) 1847.
54 *TC*, 5 Meith.1847.
55 *TC*, 16 Nollaig 1846
56 Trevelyan Papers 64/183, (T iar seo), gearróg as an *Cork Examiner*, 18 Nollaig 1846.
57 D 8303
58 T64/183, gearróg as an *Cork Examiner*, 18 Nollaig 1846.
59 T64/362
60 Correspondence from January to March 1847 relating to the measures adopted for the relief of distress in Ireland. Commissariat series (second part) 1847.
61 *Ibid*.

62 *Ibid.*
63 T64/363D
64 *TC*, 9 D. Fómh. 1847.
65 *Ibid.*
66 D10424
67 D 2973
68 *TC*, 24 Iúil 1847.
69 Papers relating to proceedings for the relief of the distress and state of the unions and workhouses in Ireland. Fourth series. 1847-8.
70 *TC*, 27 Iúil 1847
71 *TC*, 9 D. Fómh. 1847
72 *TC*, Meith. 1847
73 *TC*, 26 Meitheamh 1847
74 *TC*, 2 D.Fómh.1847
75 *TC*, 13 Samhain 1847.
76 T64/368A
77 T64/369B/1
78 T64367A/3
79 T64/369B/1
80 *TC*, 18 Nollaig 1847
81 *TC*, 9 M. Fómh. 1847
82 *Ibid.*
83 *TC*, Samhain 1847.
84 Papers relating to proceedings for the relief of the distress and state of the unions and workhouses in Ireland. Sixth series. 1848.
85 *TC*, 6 Samhain 1847.
86 T64/370C/4
87 T64/368B
88 T64/3/370/4
89 *TC*, 6 Meith. 1849

Sasanaigh, Dia agus Éireannaigh 1846-48 [1]

Joe Lee

Séard atá fúm sa léacht seo ná machnamh a dhéanamh ar thionchar amháin ar dhearcadh Shasana i leith an Ghorta a bhfuil béim leagtha air sa taighde is déanaí, sé sin ar Dheonú Dé, nó *providentialism*. Séard a chiallaíonn seo ná gur cheap go leor Sasanach gurb é toil Dé é an dúchan, gur scaip ár Slánaitheoir thart d'aon ghnó é chun fadhb na hÉireann a réiteach, agus nach raibh sé de cheart ag Sasanaigh cur i gcoinne toil Dé trí pholasaithe a chur i gcrích a thiocfadh salach ar an straitéis dhiaga.

Tá sárthaighde déanta ag staraí óg, cumasach ó thuaisceart na hÉireann, Peter Gray, a scríobh tráchtas dochtúireachta in Ollscoil Cambridge ar an nGorta le déanaí, ar an gceist seo, agus é taispeáinte go gleoite aige cé chomh tábhachtach agus a bhí an dearcadh seo i measc an phobail, i measc státseirbhíseach agus i measc polaiticeoirí.[2] Tá súil agam go bhfoilseofar an tráchtas sin sar i bhfad, agus séard is mian liom a dhéanamh anseo ná an díospóireacht a leathnú amach beagáinín chun impleachtaí an dearcaidh sin a iniúchadh.

Nuair a tháinig an dúchan don chéad uair, i bhfómhar na bliana 1845, loit sé b'fhéidir aon trian den bharr. Níor leor san, áfach, chun ghorta a leathnú ar fud na tíre. Níor baineadh úsáid ach as timpeall leath den bharr de ghnáth mar bhia daonna. Ach bhagair gorta i gceantair áirithe. Mar is eol do chách um an dtaca seo, chuir an Príomh-Aire ag an am, Sir Robert Peel, £100,000 ar fáil chun min bhuí a cheannach thar lear agus é a dháileadh amach i measc na mbocht.

Anois ba *providentialist* de shórt é Peel. Chreid sé gurb é Dia a sheol an dúchan chugainn. Ach chreid sé chomh maith go raibh sé de dhualgas ar an rialtas na boicht a shábháil nuair a tharla tubaist mar seo. Brí eile a thóg an chéad rialtas eile, rialtas an Ruiséalaigh, as *providentialism*, go háirithe faoi thionchar Charles Trevelyan, forúnaí an Státchiste.

Tá droch-chlú ar Trevelyan toisc an méid duine a fuair bás leis an ocras agus eisean i mbun pholasaí fóirithinte an Rialtais, agus é beagnach uile-chumhachtach. Ní hé sin le rá go raibh údarás oifigiúil aige. Ní raibh. Stát-sheirbhíseach a bhí ann. Ach i ndáiríre b'eisean an té ag a raibh an tionchar is mó aige ar pholasaí. D'aontaigh beagnach go hiomlán an Seansailéir, Charles Wood, *providentialist* daingean eile, leis. Fear lag a bhí san Phríomh-Aire, an Ruiséalach, nach raibh riamh i gceannas an rialtais i gceart.

Ní raibh amhras ar bith ar Trevelyan faoi phlean Dé. Soiscéalach nó Evangéileach a bhí i Trevelyan, agus é lánchinnte go raibh Dia gnóthach go lánaimsireach i ngnóthaí an tsaoil. Ach céard é plean Dé go beacht? Tá an t-ádh linn go bhfuil sé nochtaithe dúinn ag Trevelyan féin, sa leabhar leis, *The Irish Crisis*. Agus ní haon bhreathnú siar fadaimsireach atá anseo. Scríobh Trevelyan é mar alt fada don *Edinburgh Review* ag deire 1847. Foilsíodh é in Eanáir 1848. Bhí an t-éileamh chomh láidir gur foilsíodh mar leabhar é níos déanaí sa bhliain.

Nochtann Trevelyan a dhearcadh go rí-shoiléir sa leabhar seo. Bhí daonra na hÉireann ró-ard. Ní fhéadfadh an tír seasamh riamh ar bhonn sásúil eacnamaíochta agus an líon sin daoine ann. Dá bhrí sin bhí sé riachtanach an fhadhb seo a réiteach ar shlí éigin osnádúrtha. Ní fhéadfadh aon chumhacht daonna é sin a dhéanamh. Mhol daoine mar Wakefield agus Mounteagle scéimeanna eisimirce. Ach níor chuir Trevelyan muinín ar bith iontu, ag an tréimhse seo, pé scéal é. Thógfadh glún nua áit na n-imirceach, agus d'fhanfadh an fhadhb chomh dona agus a bhí sé an chéad lá. Ach réitigh an gorta an fhadhb. Agus b'shin an polasaí Diaga. "The deep and inveterate root of social evil ... has been laid bare by a direct stroke of an all-wise and all-merciful Providence, as if this part of the case were beyond the unassisted power of man".[3]

Ach bhí an straitéis dhiaga níos casta, agus níos éifeachtaí, ná sin. Ní amháin go raibh an iomad Éireannach ann. Bhíodar den aicme mícheart. Ní raibh an mianach ceart iontu chun forbairt eacnamaíochta a chur chun cinn. Ach níorbh ciníochaí é Trevelyan. Ní orthu féin go díreach a bhí an locht, ach ar an bpráta. Toisc go bhféadfadh clann mhaireachtaint ar acra amháin prátaí in ionad trí nó ceithre acra arbhair, agus maireachtáil go leisciúil, gan ach cúpla seachtain oibre a dhéanamh sa bhliain, dar le Trevelyan, ní raibh an gréasán sóisialta in Éirinn dírithe ar fhorbairt eacnamaíochta. Caithfear an gréasán sóisialta seo a athrú ina mhacasamhail de ghréasán shóisalta Shasana, le tiarnaí talún, feirmeoirí láidre, agus sclábhaithe feirme. Ní bheadh go leor sclábhaithe riamh ann chomh fada agus a d'fhéadfadh daoine bochta maireachtaint ar acra phrátaí. B'fhearr leo fanacht mar a bhí siad in ionad tuarastal airgid a thuilleamh. B'shin an chúis go raibh milleadh na bprátaí riachtanach. B'iad san préamh na faidhbe, i ngach brí den fhocal. D'éirigh le plean Dé é sin a chur i gcrích. Míorúilt a bhí ann, le beagán cabhrach ó Trevelyan agus a chairde, a thuig go díreach cad a bhí in aigne Dé.

D'fhéadfadh na feirmeoirí beaga a fheiscint anois nach raibh todhchaí ar bith acu bheith ag braith ar an bpráta. Caithfidh siad iompú ina sclábhaithe agus dul ag obair ar thuarastal airgid d'fheirmeoirí láidre agus do na tiarnaí talún. Ach munar mhian leo a gcuid feirmeacha beaga a thréigint, agus dul ag lorg oibre, cad a bhí le déanamh leo? Ar ndóigh toisc gur theip ar na prátaí, bhí orthu cúnamh a lorg trí Dhlí na mBocht. B'shin an seans a raibh Trevelyan agus an rialtas ag fanacht air chun iad a thiomáint as a gcuid seilbhe. Nuair a tháinig siad ag lorg cúnaimh ó Dhlí na mBocht, shocraigh an rialtas, trí Chlásal Gregory, nó an Clásal Ceathrú acra, faoi mar a ghlaotar air, nach bhféadfadh éinne a raibh thar ceathrú acra aige, cabhair a fháil. Sciobadh a gcuid cearta ar sheilbh talún uathu. Bhí toil Dé curtha i gcrích. Cheap Trevelyan nárbh fhada anois go mbeadh deire iomlán leis na feirmeacha beaga, agus ina n-ionad bheadh feirmeacha móra agus sclábhaithe feirme gan talamh dá gcuid féin acu, iad ag saothrú, agus ag ceannach bia ar an margadh seachas bheith ag iarraidh iad féin a chothú ar bhlúirí beaga talún agus ar chonacra Ní leanfadh siad mar ualach, nó incubus, ar an gcorp sóisialta. Bheadh an corp sin i bhfad níos folláine de bharr an ghorta.

Ní raibh ach deacracht amháin eile le sárú. Ní hé amháin go gcaithfeadh an córas sóisialta bheith cosúil le córas Shasana, ach caithfeadh Éireannaigh foghlaim conas iad féin a iompú ina Sasanaigh. B'shin rud nach raibh fíor go minic faoi na tiarnaí talún Éireannacha, do réir Trevelyan, gan trácht ar go leor Sasanach eile. Conas iad a chur ar bhealach a leasa? Freagra borb go leor a thug Trevelyan. Toisc go raibh fiacha troma ar an oiread sin díobh, toisc chomh leisciúil agus caifeach is a bhí siad, caithfear iad san a chur amach as a gcuid talún agus tiarnaí nua ó Shasana agus Albain a thabhairt isteach. Ach conas é sin a dhéanamh, mar de réir dlí bhí sé beagnach dodhéanta, díreach toisc na fiacha a bheith chomh trom, agus ceartanna ag gaolta agus creidiúnaithe eile a gcaithfí a shásamh sula bhféadfaí na heastáit a chur ar an margadh. Ní raibh aon dul as. Chaithfí an dlí a athrú. Deineadh amhlaidh, cé gur thóg sé roinnt ama, in 1848 agus 1849, san *Encumbered Estates Act*. Bhí polasaí Trevelyan curtha i bhfeidhm beagnach go hiomlán, agus é ag cur plean Dé i gcrích, agus é dóchasach go mbainfeadh Éire sonas agus só amach agus í iompaithe ag deire thiar ina Sasana beag. "God grant that the generation to which this great opportunity has been offered, may rightly perform its part, and that we may not relax our efforts until Ireland fully participates in the social health and physical prosperity of Great Britain, which will be the true consummation of their union!"[4]

B'shin straitéis Trevelyan nuair a thug an Ruiséalach beagnach lánchumhacht dó tar éis dó teacht in oifig nuair a thit rialtas Peel in 1847. Theip ar na prátaí don dara huair, agus go tubaisteach an uair seo, ag tús mí Lúnasa. Tosnaigh Trevelyan ar a pholasaí a chur i bhfeidhm chomh tapaidh agus ab fhéidir.

Oibreacha poiblí an polasaí traidisiúnta i gcásanna mar sin, agus iarracht a dhéanamh bia a chur ar fáil. Ach níor mhian le Trevelyan go gcuirfí isteach ar an margadh. B'é an margadh an dara Dia — nó b'fhéidir an chéad Dia — a d'adhair sé.

Chaithfeadh na hoibrithe chomh maith, ós rud é go raibh carachtar na nGael chomh lag, agus gur lorg siad gach rud ón stát in ionad é a sholáthar dóibh fhéin, oibriú go dian ar son a gcuid airgid ar na hoibreacha. Muna saothródh siad a ndóthain chun bia a cheannach, orthu féin a bhí an locht. Ar ndóigh, nuair a chuaigh praghasanna in airde níor leor in ao'chor an méid a shaothraigh na hoibreoirí ar na hoibreacha poiblí chun bia a cheannach, fiú nuair a bhí margadh ann, rud nach raibh i go leor ceantair in iarthar na tíre.

Ach bhí leisce ar Trevelyan é sin a thuiscint, cé go raibh an bás ag leathnú go tapaidh roimh Nollaig 1846. Thosnaigh daoine eile ag seinm poirt eile. Na Quakers, a raibh obair dheonach éachtach á dhéanamh acu san iarthar, agus a raibh dlúthbhaint acu le cairde tábhachtacha i Londain, thosnaíodar ag cur ina luí ar a gcairde cé chomh dearóil is a bhí an scéal. Ach b'iad na sceitseanna a d'fhoilsigh James Mahony san *Illustrated London News* go luath in 1847 a chuaigh i bhfeidhm go mór ar mheanma an phobail i Sasana. Tá aithne ag cách ar na sceitseanna sin anois, mar táid le feiscint ar gach clúdach agus i ngach bailiúchán faoin ngorta. Ós rud é go bhfuil an oiread sin taithí againne bheith ag féachaint ar radharcanna uafásacha ar an dteilifís, b'fhéidir nach ngoilleann siad orainne go rómhór anois. Ach ag an am san ba chuma nó clap toirní i measc phobal Shasana iad. Ní hé nach raibh droch-cháil ar iarthar Chorcaí i gcoitinne, agus ar an Sciobairín go háirithe, roimhe seo. Beagnach bliain roimhe sin tháinig scéala uafásacha as na ceantair sin.[5] Ach b'iad sceitseanna Mahony a chuaigh i gcion orthu.

B'fhéidir go raibh an rialtas ag smaoineamh cheana féin ar chistiní anraith a chur ar bun in ionad oibreacha poiblí, mar gur cheapadar go mbeadh siad níos saoire, agus b'fhéidir níos éifeachtaí. Bhí cistiní na Quakers ag obair go héifeachtach, do réir dealraimh. Ach is dócha gur neartaigh tionchar an

Illustrated London News an t-athrú polasaí sin. Neartaigh sé chomh maith an cinneadh go nglaofadh an Bhanríon Victoria Lá Cúitimh ar son an ghorta, cleachtadh a bhí ag an rialtas nuair a tharla tubaiste náisiúnta, mar an calar in 1832. Ainmníodh an 24 Márta mar an lá, agus cuireadh brú ar reachtairí na hEaglaise Bunaithe seanmóintí a thabhairt an lá sin ar an ngorta, chun bailiúchán a ghríosadh. Thug Trevelyan a thacaíocht don scéim sin, agus é ag tnúth, de réir dealraimh, go sábháilfeadh sé seo caiteachas don státchiste. Ach ba fhíorspéisiúil an dearcadh a bhí ag na reachtairí go bhfuil teacht ar a gcuid seanmóintí anois ar an *providentialism* úd.

Chreideadar go léir go láidir i ndeonú Dé. *Providentialists* a bhí iontu go smior. B'fhéidir nach raibh mórán rogha acu. An té ba cháiliúla ina measc mar seanmóirí, gan amhras, ab ea Pusey.

Bhí Pusey chomh lánchinnte le Trevelyan gurb é Dia a sheol an dúchan. B'é Dia údar chuile rud, agus ba Dhia fíorghnóthach é Dia Pusey, agus É ag cur a ladar isteach go díreach i gcúrsaí staire, mar shampla nuair a chuir sé iachall ar Napoleon, *anti-Christ* críochnaithe, cúlú ó Moscow. Ní hamháin gur leathnaigh Dia an dúchan, ach thug Sé réamhchomharthaí, bagairtí, go raibh Sé míshásta go leor, nuair a tharla ganntanas mór éisc, agus murain i measc na mba, le déanaí. Ach bíonn trua aige do na bpeacaigh i gcónaí, ar a laghad má thaispeáineann siad nach bhfuil sé tuillte in ao'chor in ao'chor acu.[6]

Níl amhras ar bith ar Pusey ach gur breithiúnas ó Dhia é an Gorta. Ach cé hiad siúd a bhfuil Sé ag tabhairt breithiúnais orthu, agus canathaobh? Ar na Gaeil, is dócha, faoi mar a mhaígh iriseoirí go leor i Sasana. Ach is deas an casadh a thugann Pusey ar an scéal anseo. Ní ar na Gaeil amháin atá Dia ag tabhairt breithiúnais. Cá bhfios nach nach bagairt atá anseo ar Shasana chomh maith? Agus muna dtagann Sasana i gcabhair ar Éirinn in am seo an ghátair, agus muna leasaíonn sé an saol Sasanach chomh maith, cá bhfios nach dtiocfaidh an fiabhras treasna na mara. 'Pestilence has begun. And who, save He, shall bid it stay, that it reach not ourselves?'⁷

Do réir Pusey, cé gur tír iontach í Sasana, ba liosta le lua coireanna Sasanacha le leath chéad anuas. Tá Sasana ag druidim ó Dhia. Anseo tosnaíonn sé ar ionsaí fíochmhar — ionsaí nach bhféadfadh an Mhistéalach féin a shárú — ar luachanna an ábharachais atá ag ag leathnú i measc na Sasanach. Is ionsaí ar luachanna an *industrial capitalism* atá anseo. Nimh atá iontu agus iad ag truailliú shaol Shasana. Ní bhaineann moráltacht ar bith leis na luachanna seo, saint, uaibhreas, saibhreas agus só, dímheas ar na bochtaibh.

Tuigeann Pusey go maith go raibh go leor i measc an phobail a chreid gur bhain áibhéil i gcónaí le scéala as Éirinn. Dá bhrí sin luann sé a chuid foinsí — foinsí Sasanacha agus foinsí Protastúnacha nach bhféadfaí bheith amhrasach orthu. Tosnaíonn sé leis na cuntais ón Sciobairín, déanann sé tagairt don *Guardian*, nuachtán Sasanach, agus do litreacha príobháideacha, go háirithe litreacha ó reachtairí Eaglais na hÉireann.⁹

Níor dhein Pusey idirdhealú ar bith idir Éireannaigh agus Sasanaigh. D'impigh sé ar an bpobal gorta mór i Londain a shamhlú. Pé rud ba chóir a dhéanamh sa chás sin, ba chóir an rud ceanann céanna a dhéanamh i gcás na hÉireann, ní hamháin mar Chríostaithe, ach mar '*men*'. Conas d'fhéadfadh siad leanacht ar aghaidh le saibhreas agus só, chomh fada agus a bhí 'half a people, our own flesh and bones, in intensest suffering, tottering to the grave'.¹⁰ D'éirigh sé níos láidre fós. Conas nach staonfadh siad, nuair a bhí bia de dhíth ar 'so many who, we must own, deserve it far more than we'.¹¹ Agus ós rud é go rabhamar go léir ciontach, cá bhfios nach dúinn fhéin, chomh maith leis an hÉireannaigh bhochta, a rachadh sé chun leasa ar neamh.

Bhí an oiread muinín ag Pusey agus a bhí ag Trevelyan go dtiocfadh maitheas as an fhulaingt uafásach. Níor shéan sé go mb'fhéidir go dtiocfadh feabhas áirithe ar ghnéithe eacnamaíochta. Ach ag deireadh thiar ní ar chóras eacnamaíochta ná gréasán sóisialta a bhí sé ag smaoineamh, ach ar shábháilt anam 'for some deep purpose must so grievious a visitation have been sent by the God of mercy, but His visitations are seasons of grace also. Miss we not it for our own souls. So through the precious Blood-shedding of our all loving Lord, shall joy spring out of sorrow, abundance out of want, comfort out of desolation, hope out of hopelessness, rest out of trouble, life out of death, from brief afflictions eternal glory'.[11]

Ba ar son sábháilt anam, ní ar son aidhmeanna domhanda, a dheineann Dia idirgabháil i gcúrsaí domhanda.

Ach ag deire thiar níor tharla an coimhlint ba bhunúsaí idir Trevelyan agus Pusey, cé gur léir go raibh deighilt doimhin eatarthu. Thug Trevelyan tacaíocht don Lá Cúitimh.

Ach bhí mearbhall ar mheon an phobail, agus idir trua agus fuath d'Éirinn araon le feiscint. Mar a dúirt Greville díreach ag an am, bhí daoine i London 'animated by very mixed and very varying feelings and are tossed about between indignation, resentment, rage, and economical fear on the one hand, and pity and generosity on the other'. [12]

Sa ghearrthréimhse, d'éirigh go maith leis an achainí.[13] Ach sar i bhfad tháinig athrú meoin, nó b'fhéidir go mbeadh sé níos fírinní a rá gur tháinig an 'indignation, resentment, rage, and economical fear' chun tosaigh, agus gur bhrúdar 'pity and generosity' chun deiridh.

Tharla sin, cuid mhaith, dealraíonn sé, cé go gcaithfear i bhfad níos mó taighde a dhéanamh ar an gceist, trí mheán na nuachtán, agus go háirithe an *Times*, an nuachtán ba thábhachtaí sa tír, agus b'fhéidir ar domhan, ag an am. Caithfimid bheith cúramach anseo. Níor chan an *Times* an port céanna i gcónaí, agus b'fhéidir go raibh dearcanna éagsúla le fáil i measc na n-iriseoirí ó am go chéile. Ní gá gur clones céad faoin gcéad a bhí iontu, fiú ar cheist na hÉireann. Ach an bundearcadh a bhí ag an *Times*, ná nach raibh cabhair tuillte ag Éirinn, toisc chomh lofa agus a bhí carachtar na ndaoine, ina measc na tiarnaí talún, a bhí ag séanadh a gcuid dualgas, agus nár chóir go bhfaigheadh daoine a raibh a laghad sin déanta acu chun é a thuilleamh, cabhair ó Shasana. Bhí seo gar go leor do dhearcadh Trevelyan féin, a d'fhógair go raibh an Gorta thart nuair nár tháinig an dúchan thar n-ais i bhfómhar 1847, agus go bhféadfadh 'Irish property' íoc as 'Irish poverty' as seo amach. Ar ndóigh, cé nár theip ar na prátaí, lean an Gorta ar aghaidh, toisc nár cuireadh ach céatadán beag den ghnáth mhéid, toisc easpa muiníne agus easpa síl.

Bhí an t-athrú meoin le feiscint go soiléir i mí Deire Fómhair, nuair a d'fhógair Victoria an dara Lá Cúitimh — rud aisteach go leor ann féin, nuair a bhí an Gorta thart go hoifigiúil! An uair seo thosaigh gearáin phoiblí. Tháinig litreacha chuig an *Times* ag clamhsán nach raibh a thuilleadh deontas tuillte ag na hÉireannaigh, gurbh olc an airí orthu é, toisc chomh leisciúil agus suarach mar chine iad.

Litir an-fhada ó T. C. Foster an ceann ba shuntasaí ar fad. Bhí clú ar Foster mar *Times Commissioner* in Éirinn ar feadh cúig mí idir Lúnasa 1845 agus Eanáir 1846. Foilsíodh tuairisc i ndiaidh tuairisce uaidh sa *Times*, tuairiscí a athfhoilsíodh mar leabhar mór 770 leathanach, *Letters on the Condition of the people of Ireland*, níos déanaí sa bhliain 1846. Is dócha gur scríobh sé roinnt mhaith ar an ngorta don *Times*. Ach an uair seo ba trí mheán litir a nocht sé a thuairimí ar cibé fáth. Bhreac sé síos é mar fhreagra ar litir Sir John Burgoyne, Cathaoirleach ar Bhord na nOibreacha Poiblí i mB'leáth Cliath, ag tabhairt tacaíochta do Lá Cúitimh, ina ndúirt sé go raibh iarthar na tíre níos boichte ná an t-oirthear toisc chomh fada agus a luigh sé ó mhargadh Shasana. Shéan Foster é sin go borb. 'The people on the eastern coast are better off because they are more industrious, and they are more industrious because they have among them a large admixture of men of English blood, who have transplanted among them the characteristics of their race — industry and enterprise'. [14]

Chuir sé gliondar ar Foster go raibh an pobal ag diúltú, ag deire thiar, déirc a bhailiú i gcomhair 'the poor and starving Irish', rud a bhí sé ag moladh ar feadh dhá bhliain anuas. B'fhéidir go raibh ceart áirithe ag na Gaeil déirc a lorg nuair nach raibh Dlí na mBocht ceart acu, ach ós rud é go bhfuil anois, 'we have a right to repel the claim'. Ós rud é go raibh na Gaeil chomh leisciúil sin nach n-oibreodh siad in ao'chor ach amháin nuair a bheadh gorta ag bagairt, ní bheidh de thoradh ar chabhair agus cúnamh ó Shasana ach iad a dhéanamh níos leisciúla fós. 'The spur of necessity to labour by the providence of God, which ought in truth to be regarded as a blessing, has been increased to the people of Ireland'. Work experience programme, i ndáiríre a bhí sa Ghorta, agus dá bhrí sin ní dhéanfadh déirc ach 'thwart the providence of God'. I gcomórtas le Foster, 'wet' a bhí i Trevelyan!

An cheist deireanach don léacht seo. Bhí an frith-Chaitleacachas go han-láidir ar fud Shasana, agus i measc iriseoirí go háirithe b'fhéidir. Ní chloistear go díreach, balbh é go rómhinic, ach briseann sé amach ó am go chéile. Ach tá sé tábhachtach a thuiscint cén tionchar a bhí aige ar mheon an phobail. Níl an taighde déanta go fóill chun freagra sásúil a thabhairt ar an gceist sin, más féidir é a fhreagairt go beacht in ao'chor. Ach éist le seo sa *Times*. Bhí sé ag trácht, más fíor, ar mheamran ó na heaspaig Chaitliceacha i gConnachta, a mhaígh go bhfuair 2,000,000 duine bás den Ghorta, agus ag iarraidh ar an gcléir daonáireamh a dhéanamh ar an méid duine a fuair bás den ocras agus den fhiabhras le bliain anuas i gCúige Connacht. Ar ndóigh is eol dúinne nach bhfuair an oiread sin duine bás, nó gar dó, in aon bhliain amháin. Ní fhéadfadh cinnte i gConnachta féin, mar níor mhair 2,000,000 sa Chúige. Ach is féidir a shamhlú cé chomh cráite agus a bheadh na heaspaig agus iad ag breacadh thart i lár an uafáis. Ach chuir sé seo buile ar an *Times*, cé nach raibh fianaise ar bith ag an *Times* faoi uimhir na marbh.

'Here is an enormous invention, dictated by political and controversial animosity, deliberately proposed and originated in full council by the hierarchy of a religious communion; they enjoin it upon the inferior clergy; the inferior clergy have not the courage or the conscience, or even the will, to decline a part in the villianous measure; there can be no doubt they will supply the details and vouchers of the forgery; the lie being thus made complete in all its parts, there will be myriads of other parties to do everything with it, and try it by all kinds of principles, except common sense and common honesty. In fact, we see before us, on a rather bold scale, the generation of a historical lie. We shall do our best to nip the atrocity in the bud. With this view, we give a world wide publicity to the infamous mandate of the Connaught hierarchy, commanding its fabrication, and will take care to keep an eye on its subsequent stages. Let it be remarked that there is no such thing as trustworthy statistics in Ireland. They are impossible. The population 'returns' themselves confess that they have been rendered comparatively worthless by the prejudices, delusions and dishonesty of a people who will always give any answer rather than the right one'.[15]

D'fhéadfaí go leor a rá faoin alt seo. Ach b'fhéidir nach gá mórán a rá faoi ar an ócáid seo, ach an cheist a chur, cé mhéid mhuiníne d'fhéadfaí a chur in aon rud a déarfadh éinne le meon mar sin faoi chúrsaí na hÉireann. Is léir go bhfuil fuath don chléir Chaitliceach agus drochmheas ar mhuintir na hÉireann fite fuaite ina dhearcadh. Ní féidir leis smaoineamh ach i steireaphláta. Ní féidir creidiúint a chur i bhfocal amháin a scríobhann duine mar sin gan fianaise neamhspleách chun tacú leis. Ach ar ndóigh ní ceart iriseoirí mar seo a léamh mar údaráis ar an gceist atá idir lámha acu, ach chun fios a chur ar a meon féin. Ar an taobh sin de, tá carn mór oibre le déanamh go fóill ag staraithe agus iad ag tochailt i measc na nuachtán ag am an Ghorta.

NÓTAÍ

1 Ba mhaith liom mo bhuíochas a ghabháil le Ciste Taighde an Uachtaráin i gColáiste na hOllscoile, Corcaigh, a chabhraigh liom an taighde ar a bhfuil an léacht seo bunaithe a dhéanamh.
2 Peter Gray, *British politics and the Irish land question*, 1843-1850 (Ph.D. neamhfhoilsithe, Ollscoil Cambridge, 1992); 'Potatoes and Providence: British Government's responses to the Great Famine', Bullan; an Irish

Studies Journal, 1/1, Earrach 1994, 75-90; 'Ideology and the Famine', i Cathal Poirtéir (eag.), *The Great Irish Famine* (Cork, 1995), 86-103.
3 C. E. Trevelyan, *The Irish Crisis* (London, 1848: eag. 1880), 147.
4 *ibid.*, 148.
5 *Times*, 10 Feabhra 1846.
6 E.B. Pusey, *A Sermon..for a general fast and humiliation* (London, 1847), 11-14.
7 *Ibid.*, 19.
8 *Ibid.*, 20-23.
9 *Ibid.*, 15-17.
10 *Ibid.*, 23.)
11 *Ibid.*, 31.
12 G. C. Greville, Journal, 3, 71, 23 Márta 1847 (Gray, *British politics*, 272).
13 Gray, *ibid.*
14 *Times*, 13 Deireadh Fómhair 1847.
15 *Times*, 11 Deireadh Fómhair 1847.

Joe Lee agus Pádraig Ó Fiannachta ag an Oscailt

Bíoblóireacht agus Gorta

Mícheál Ó Mainín

Cogadh Creidimh

Céad go leith bliain ó shoin, ní hamháin go raibh Iarthar Duibhneach ina chíor thuathail faoi ainnise an Ghorta ach bhí sé ina chogadh dearg freisin idir Chaitlicigh agus Protastúnaigh. Tóg, mar shampla, an cuntas seo a bhí sa *Kerry Evening Post* ag cur síos ar an nDomhach, 21 Iúil 1844. Mí roimhe sin bhí sagart cúnta nua, no *coadjutor* mar a tugtaí air an t-am san, Denis Lyne Brasbie, tar éis teacht go dtí Fr. John Casey, an sagart paróiste a bhí ina chónaí ar an Muirígh an t-am san. Ó Pharóiste Bóthar Buí a aistríodh Brasbie agus sa litir a chuir an t-easpag, Cornelius Egan, chuige dúirt sé leis: "I shall expect you to exert yourself in that locality, where zeal and activity are required to check the current of proselytism. Indeed, I may say it is pretty well checked in that parish; still the fire must be kept up." Mí tar éis teacht dó, bhí Brasbie féin iompaithe ina Phrotastúnach agus bheartaigh na Protastúnaigh oiread poiblíochta agus ab fhéidir a thabhairt don ócáid. Socraíodh go ndéanfadh Brasbie an Pápa agus Eaglais na Róimhe a shéanadh go sollúnta poiblí sa Teampall Gallda thíos sa Daingean. Bhí an ceantar chomh corraithe faoin eachtra gur cheap Sasana go mbeadh sé ina chogadh agus beartaíodh ar chabhlach a bhí ullamh le cur go Morocco chun síocháin a choimeád a sheoladh ina ionad san go dtí an Daingean. Seo cuntas ar an lá sa *Kerry Evening Post*:

> On Sunday last, the Rev. Mr Brasbie read his public recantation from errors of Popery in Dingle Church. The fact of a priest adjuring Popery caused great excitement, and the Magistrates, having got full notice that the mob were determined to execute Lynch law on the Priest on his road to the Church, they took full

precautions to preserve the peace. Before service commenced the townspeople were astonished to see the Hon. Captain Plunkett, of H.M. steamer Stromboli, march into town from Ventry with a force of about 100 men, including the Marine Artillary and Marines, with drums and colours. This fine body of men armed to the teeth, having joined the seamen and Marines of H.M. brigantine The Lynx, under the command of Captain Nott, presented such an imposing appearance that, we need scarcely say, everything passed off very quietly. The Coastguards from the surrounding stations were marched to the Church, fully armed, and conveyed the Rev. Gentleman to the house of the Rev. Mr. Gayer, where he at present remains. Mr. Gillman, our active Sub-inspector, had all his police ready to turn out at a moment's notice. Dingle, for the last 20 years, never presented such a force. [1]

Fás agus Bás na Bíoblóireachta

Ní raibh ach fíorbheagán Protastúnach in Iarthar Duibhneach roimh 1830. De réir Mrs. D.P. Thompson, ní raibh ach 30 duine ag freastal ar an dteampall Protastúnach.[2] Thosaigh an Bhíoblóireacht i 1829 nuair a tháining beirt mhinistrí ón *Irish Home Mission* go dtí an Daingean agus thug duine acu seanmóir i nGaeilge. I 1833 is ea a thosaigh an ghluaiseacht i ndáiríre nuair a tháinig an tUrramach Charles Gayer mar shéiplíneach go dtí Lord Ventry agus mar chúntóir don bParson Thomas Chute Goodman sa Daingean. B'é Gayer an príomh-dhuine a bhí taobh thiar den obair. I Somerset i Sasana a rugadh é agus bhí a athair ina oifigeach in arm Shasana. Ansin i 1839 chuir an *Irish Society* (eagraíocht

---

[1] Alt le Pádraig de Brún san *Journal of the Kerry Historical and Archaeological Society*, no. 2 (1969), p.46.

[2] *A Brief Account* etc., 2 ed. 1847, p.120. De réir fianaise a thug an tUrramach Thomas Goodman, áfach, bhí 319 "Old Protestants" sa Daingean roimhe sin. (*The Trial at Tralee*, p.22). Is cosúil nach raibh ach fíor-bheagán acu ag freastal ar an dteampall Protastúnach.

Phrotastúnach) an tUrramach Tomás Ó Muircheartaigh i bhfeidhil an misean Protastúnach i gCeann Trá. Arís, duine an-ábalta ab ea an Muircheartach. Sa Daingean a rugadh é agus d'iompaigh sé ina Phrotastúnach i 1831. Bhí beagán scaothaireacht ag baint leis agus baisteadh *Tomás an Éithigh* air i measc na gCaitliceach. Faoin mbliain 1847 bhí 255 teaghlach tar éis iompú — is é sin 1,100 duine. Bhí 9 scoil ina raibh 700 dalta faoina gcúram — ar an mBlascaod amháin bhí 10 teaghlach tar éis iompú agus as an 56 leanbh a bhí ag freastal ar an scoil Phrotastúnach ann, Protastúnaigh ab ea 30 díobh. Ní haon ionadh go bhfuil nóta caithréime le mothú sa tuairisc bhliantúil ón *Dingle and Ventry Mission Association* don bhliain 1847. Dúradar go raibh an cogadh buaite ag arm na bProtastúnach: "a phalanx capable of withstanding the worst which the wiles and force of the enemy can do to supress the light of the truth in this district."[3] D'fhéadfá a rá go raibh an Bhíoblóireacht ina lánrabharta idir 1844 agus 1850. Ba dheacair a shamhlú an t-am san go mbeadh meath ag teacht ar an ngluaiseacht laistigh de chúig mbliana. Faoin mbliain 1854 bhí na tithe a bhí sa cholony Phrotastúnach i gCeann Trá folamh agus iad á fhógairt i nuachtáin mar thithe samhraidh. Faoin mbliain 1860 ní raibh ach dosaon ar an rolla sa scoil Phrotastúnach ar an mBlascaod agus dúnadh í cúpla bliain ina dhiaidh sin. Is é an rud ba mhaith liomsa a dhéanamh anois ná an dearcadh ar an meon a bhí taobh thiar den Bhíoblóireacht a léiriú.

An Cúlra leis an mBíoblóireacht — Críost agus Ainchríost

Deirtear gurb iad an dream a bhuann an cogadh a scríobhann an stair. Is minic, dá bhrí sin, nach dtugtar aon léargas cóir ar mheon agus aigne na ndaoine gur bhuadh orthu sa chogadh. De ghnáth inniu ní fheictear sa Bhíoblóireacht ach gluaiseacht a bhí claonta biogóideach. Is beag iarracht a déantar ar an meon a bhí taobh thiar de a léiriú. Ba mhaith

---

[3] *Report of the Dingle and Ventry Mission Association*, 1847, lch 13.

liomsa féachaint ar an mBíoblóireacht trí shúile na mBíoblóirí féin — trí shúile Gayer agus an Parson Moriarty agus na *Bible Readers* — ligean dóibh féin labhairt linn. Chun a n-aigne a thuiscint, ní foláir stracfhéachaint a thabhairt ar dtús ar stair Shasana.

Ar an 25ú Feabhra 1570, d'eisigh an Pápa Pius V (Naomh Pius V inniu) bulla (*Regnans in excelsis*) inar chuir sé an Bhanríon Eilís faoi choinnealbhá agus dúirt sé nár cheart d'aon Chríostaí dílseacht a thabhairt di. Ón lá san amach, b'é an Pápa namhaid Shasana — ní hamháin namhaid Shasana ach namhaid Dé. Chonaiceadar an Pápa mar Ainchríost nó *AntiChrist* go bhfuil tagairt dó san Apacailipsis. Bhí sé seo ina fhírinne creidimh beagnach san Eaglais Phrotastúnach i Sasana. Fiú amháin, duine a ceapadh níos déanaí ina Ardeaspag ar Canterbury, sin é an t-ábhar a phrioc sé i gcomhair tráchtas dochtúireachta nuair a bhí sé ina mhac léinn, a chruthú gurb é an Pápa an tAinchríost go bhfuil tagairt dó san Apacailipsis.[4] Tá tagairtí san Apacailipsis don Bhablóin, an áit go raibh gach éinne faoi ansmacht agus faoi dhaoirse ag Sátan agus ag Striapach Mhór na Bablóine. Luaitear an ollphiast agus an dragan mór dearg a bhí ar tí an domhan mór a shlogadh siar. Ní raibh aon amhras ar Phrotastúnaigh Shasana an t-am san cé bhí i gceist sna tagairtí seo. Chreideadar gurb é an Pápa agus "Pápaireacht na Róimhe" a bhí i gceist i ríocht an dorchadais nó ríocht Shátain ar an saol seo. Bhí an tuairim sin forleathan san eaglais Phrostastúnach an t-am sin. Bhí *paranoia* nó "*papaphobia*" i leith an Phápa agus is minic le linn mórshiúlta i Sasana go ndéantaí figiúirí den Phápa a dhó go poiblí. B'í Sasana an t-aon tír amháin san Eoraip a bhí Protastúnach amach is amach agus d'ainneoin impireacht na Breataine a bheith bunaithe ar fud an domhain faoi 19ú aois, fós bhí *siege-mentality* acu, meon daoine a mhothaigh iad féin faoi léigear ag pápaireacht na Róimhe.

Faoin mbliain 1800, bhí maolú beag tar éis teacht ar an

---

4 Cf. alt dár teideal "No Popery: the mythology of a Protestant Nation" i *The Tablet* (25 March 1995, pp. 384-386).

naimhdeas seo i gcoinne Eaglais na Róimhe, ach bhris an fuath amach arís nuair a thosaigh Domhnall Ó Conaill an feachtas do *Catholic Emancipation*. Bhí an Conallach agus na sagairt ag cuidiú le chéile go huile agus go hiomlán sa bhfeachtas seo agus chonaic an rialtas, go mór mór na Tóraithe — chonacaidear é seo mar shampla den lúbaireacht agus den dtíorántacht a bhí fite fuaite isteach sa phápaireacht. Agus ní túisce a bhí *Catholic Emancipation* thart i 1829 ná go raibh an *Tithe War* tosaithe. Mar sin, ní haon ionadh ná gur mhothaigh tiarnaí talún agus go mór mór an Eaglais Phrotastúnach iad féin faoi ionsaí. Sin é an cúlra a bhí le feachtas na Bíoblóireachta sna 1820í.[5] Agus chuir cuid de na tiarnaí talún rompu oiread tacaíochta agus ab fhéidir a thabhairt don ghluaiseacht. De réir mar a thuigeadar an scéal, bhí an Eaglais Phrotastúnach bunaithe ar an mBíobla agus éinne a bheadh dílis don Bhíobla, bheadh sé dílis don rialtas agus gnóthach ina chuid oibre. Ar shlí amháin, *reaction* a bhí ann in aghaidh an buadh a rug an Conallach, ach ar shlí eile, athbheochan a bhí ann ar an dearcadh a bhí forleathan i measc na bProtastúnach, go mór mór i Sasana, gurb é an Pápa Ainchríost agus bhí sé de dhualgas orthu os comhair Dé, pobal na hÉireann a shaoradh ó dhaoirse na Róimhe.

Má scrúdaíonnn tú tuairiscí bliantúla an *Dingle and Ventry Mission Association*, feicfidh tú an meon seo. Tóg, mar shampla, an cuntas don bhliain 1848. Bhí 8,000 duine, an ceathrú cuid de Iarthar Duibhneach, tar éis bás a fháil den Ghorta (ocras agus calar) faoi dheireadh na bliana sin. Bhí líon na bProtastúnach tar éis méadú go mór agus mhothófá a chaithréim:

> Antichrist is not mightier than Christ; the tide is set against Popery; Heaven and earth are weary of her abominations; even now her arm is palsied; the children

---

[5] Tá cuntas maith ar an dtréimhse ag Desmond Bowen i *The Protestant Crusade in Ireland, 1800-1870* (Gill and Macmillan Ltd, 1978).

are ashamed of the superstitious practices of their fathers; the grass grows green on the station path; penance is losing its power, the pilgrimage its virtue; and cool contempt with which the once venerated scapulars are cast away and trampled underfoot, shows that whatever exertions may be resorted to to restore and support the Popedom, the real power and influence of Popery is gone. [6]

Fiú amháin, chreideadar an rud a bhí ag tarlú in Iarthar Duibhneach, gurb é seo tús le feachtas a chuirfeadh deireadh le pápaireacht ar fud na hÉireann. Bhí na Bíoblóirí leachta anuas ar an Apacailipsis agus chreid cuid acu go dtiocfadh Críost ar ais míle bliain roimh an mBreithiúnas Déanach, go gcuirfeadh sé an ruaig go deo ar fhórsaí an dorchadais ar an saol seo agus go mbunófaí ríocht ghlórmhar Chríost cosúil le Tír na nÓg. Tá an creideamh seo le feiceáil i gcuntas a scríobh James Jordan, an *Bible Reader* ar an mBlascaod i 1844: "This morning, before breakfast, a number of Romanists came into my house and one of them, after a long conversation, said he would wish to know if what we had heard about the second coming was true, or would Christ come before the day of judgement. I told him that it was true and read Rev. xx for them; when I read the fifth verse, *he repeated back again and again with astonishment; and also the sixth verse,* as did all of them." [7]

"Adhradh Bréige na Róimhe"

Chonaic na Bíoblóirí íoladhradh nó *idolatry* i mórchuid de na gnása a bhí ag gabháil leis an bpápaireacht. Bhíodar go mór in aghaidh oilithreachtaí, turasanna agus timpill nó *rounds* ag

---

[6] *Report of the Dingle and Ventry Mission Association*, 1848, lch 5.

[7] *A Brief Account etc.* (Mrs. D.P. Thompson), 2 ed. p 97. Ag tagairt go n-aiseoireodh na fíréin agus go rialóidís le Críost ar feadh míle bliain, deirtear i véarsaí 5-6: "This is the first resurrection; the rest of the dead did not come to life until the thousand years were over. Happy and blessed are those who share in the first resurrection; the second death cannot effect them but they will be priests of God and of Christ and reign with him for a thousand years."

toibreacha beannaithe, scabail, Faoistin, an tAifreann agus go mór mór creideamh na gCaitliceach i bhfíorláithreacht Chríost san abhlainn bheannaithe, an Ola Dhéanach, guíochtaint ar son na marbh agus Purgadóireacht. Luatar ina dtuairiscí bliantúla, daoine a bhí tar éis iompú in bProtastúnaigh, conas mar chaitheadar anuas díobh na scabail agus rinneadar iad a phasáilt faoina gcosa ar an dtalamh. Déanann siad ionsaí nimhneach ar chreideamh na gCaitliceach i bhfíorláithreacht Chríost san abhlainn bheannaithe. Adhradh bréige a chonaiceadar san Aifreann. Tóg, mar shampla, achrann a tharla idir Mhuiris Ó Briain — nó *Brianach Soup* mar a thugtaí air — agus Fr. Mangan, an Sagart Paróiste i mBaile an Fheirtéaraigh ó 1849. *Scripture Reader* a bhí an-ghníomhach sa Bhíoblóireacht ab ea Muiris Ó Briain. Ach pé achrann a bhris amach tar éis *Stations* i bParóiste Módhrach, ghlaoigh Muiris Ó Briain *the pastry idol* ar an abhlainn bheannaithe agus ghlaoigh sé *idolator* ar Fr. Mangan.[8] Bhuail cléireach an tsagairt cnag de dhorn air agus bhí cás dlí sa Daingean mar gheall ar an achrann. Nuair an dúirt an giúistís leis an mBrianach go raibh sé ag dul thar fóir *idolator* a ghlaoch ar Fr. Mangan, d'fhreagair seisean: "The Queen has sworn it and the British Law proclaims it", agus bhí an ceart aige sa mhéid sin.[9]

Déantar diablú amach is amach ar na sagairt i litríocht na mBíoblóirí. Níor theastaigh ó na sagairt, dar leo, ach na daoine a choimeád dall agus faoi dhaoirse na Róimhe. Ach pictiúr a thugtar de na sagairt arís agus arís eile ná go rabhadar santach amach is amach agus réabhlóideach. Ní bheadh muintir na hÉireann dílis choíche an fhaid a bheadh aon chumhacht ag sagairt. Mar shampla, an iarracht bheag a rinneadh ar réabhlóid a thosú i gCo. Thiobrad Árann i 1848, deirtear sa tuairisc bhliantúil do 1848 go raibh na sagairt sáite ann.

Bhí cúis ar leith ag Bíoblóirí i gCorca Dhuibhne, ar ndóigh, a bheith in aghaidh na sagart. Tar éis iompú Brasbie i 1844,

---

[8] *Kerry Evening Post*, Dec. 20, 1854, lch 3, col. 2.
[9] *Ibid*.

rinneadh *boycott* iomlán ar Phrotastúnaigh. Ní raibh sé ceadaithe d'éinne rud ar bith a dhíol leo ná a cheannach uathu, ná fiú beannú dóibh. Bhí na sagairt ag tacú leis an *boycott* seo agus lean sé go dtí 1846 nuair a chuir misean a bhí ag Ord Naomh Uinseann sa Daingean deireadh leis. Bhí Fr. John Halpin, sagart cúnta sa Daingean, an-mhór ina n-aghaidh agus is minic a bhí sé ag mallachtú orthu. Ach daoine cneasta diagaithe nár theastaigh aon achrann uathu ab ea Fr. John Casey, an sagart paróiste ar an Muirígh an t-am sin, agus Fr. Michael Devine, sagart paróiste an Daingin. Duine an-fháilteach dob ea Fr. Casey — bhí suim mhór aige i seanchas agus i stair na háite. Mhair sé go bocht i mbothán ceanntuí. Tugann Lady Chatterton moladh mór dó i gcuntas a scríobh sí.[10] Bhí an sagart cúnta a bhí aige, Fr. Pat Foley, díreach chomh bocht leis. Chomh fada le Fr. Devine sa Daingean, duine an-dhiagaithe ab ea é a thugadh cuid mhór den lá i mbosca na faoistine. Fuair sé bás den chalar aimsir an Ghorta. I súile na mBíoblóirí, áfach, cuid bhunúsach de chóras daoirse agus tíorántachta na Róimhe ab ea na sagairt agus ní bheadh suaimhneas ná síocháin in Éirinn go dtí go mbeadh deireadh lena réim. Ceann de na cúiseanna a thugann Gayer ag cosaint a pholasaí *colonies* a bhunú don mhuintir a d'iompaigh ab ea chun go ndéanfadh sé iad a chosaint ó thionchar na sagart: "And as the colony secures them from being interfered with on their sick and dying beds by these emissaries of priests who are continually on watch on such occasions, or of being forcibly carried out of their house to have a priest brought to them, as was the case here not long since, these and many other advantages which might be named proved to my mind the importance and usefulness of such an institution." [11]

---

[10] Cf. *Romantic and Hidden Kerry* (Thos. F. O'Sullivan, p. 497-8).

[11] *A Brief Account etc.* p. 121-2. Is cosúil go ndéantaí iarracht an-láidir an sagart a choimeád amach as na *colonies*. Tugann William O'Brien cuntas ar John Leyne ó Pharóiste an Fheirtéaraigh a chuaigh ar thuairisc a dhearthár a bhí breoite sa *cholony* i gCeann Trá. D'iarr seisean air fios a chur ar an sagart ach ní cheadódh Parson Moriarty d'éinne acu teacht in aon ghiorracht don *colony*. Cf. *Dingle: Its Pauperism and Proselytism*, p.14.

Tháinig an Bhíoblóireacht ó thimpeallacht nach raibh caidreamh ar bith idir Protastúnaigh agus Caitlicigh. Bhí cuid mhór de Phrotastúnaigh Shasana nach raibh aon teangmháil riamh acu le Caitlicigh. Chuidigh sé seo leis an dearcadh a bhí acu i leith na hEaglaise Caitlicí. Nuair a bhí daoine ag áiteamh ar Gayer nach raibh aon tíorántacht dá leithéid seo ag gabháil leis an ngluaiseacht Chaitliceach i Sasana, dúirt sé go raibh an pápaireacht cosúil le *Proteus*, dia pagánach sa tsean-Ghréig — d'fhéadfadh sé a chló a athrú de réir mar a d'oir sé dó. Bhí a mhalairt ar fad d'oiliúint ag Thomas Chute Goodman, an parson a bhí sa Daingean. Bhí caidreamh riamh aige le muintir na háite agus is beag deighilt shóisialta a bhí idir "na sean-Phrotastúnaigh" agus na Caitlicigh sa cheantar. Cé go raibh Goodman mar bhall den *Dingle and Ventry Mission Association*, is cosúil nár réitigh sé le modh oibre na gluaiseachta. Ní raibh aon naimhdeas ina choinne mar a bhí in aghaidh Gayer. Nuair a seoladh litir go dtí Lord Ventry (Nollaig 24, 1844), go gcuirfí piléar tríd muna gcuirfeadh sé uaidh Gayer, dúradh i ndeireadh na litreach: "Parson Goodman is a good man, he interfares with no man's religion. I lave him to you." [12]

"Saoirse an Bhíobla agus Daoirse na Róimhe"

I súile na mBíoblóirí, bhí saoirse ag gabháil leis an mBíobla agus daoirse fite fuaite le pápaireacht na Róimhe. Bliain mhór reabhlóidí ar fud an domhain ab ea 1848. An t-aon tír amháin ina raibh suaimhneas agus síocháin ná an Bhreatain agus, de réir meon na mBíoblóirí, an chúis a bhí leis seo ná go raibh ríocht na Breataine bunaithe ar an mBíobla — faoi mar a dúirt Parson Moriarty: "'that book that made England so great', like a tower of strength in the midst of an agitated world." Tá cuntas i dtuairisc na bliana san ar thuras a thug Parson

---

[12] *A Brief Account etc.*, p. 151. Deirtear gurb í seo an chúis nár ceapadh mac Pharson Goodman, John, i gcomharbacht air sa pharóiste, go raibh Lady Ventry míshásta toisc nár thug sé tacaíocht don Bhíoblóireacht (cf. *Béaloideas* XIII lch 286, alt ag an 'Seabhac', "An tOllamh Séamus Goodman agus a Mhuinntir").

Moriarty agus ministir eile ar an mBlascaod. Bhíodar thíos ar an gcaladh nuair a chonaiceadar dhá long cogaidh de chabhlach Shasana ar a slí trí bhealach an Oileáin "on their way to conteract rebellion". Chanadar go léir "God save the Queen" agus ghuíodar go gcuirfeadh Dia an ruaig ar naimhde na banríona.

Tá an meon céanna i ndán fada a scríobh an tUrramach Séamus Goodman, mac do Thomas Chute Goodman, an parson a bhí sa Daingean. Sa dán seo, "Agallamh Bhriain agus Airt", chonathas an spéirbhean ag gol is ag caoineadh ar thaobh Shliabh Luachra. Ach sa chás seo, ní hí Banba ná Fodhla an spéirbhean a bhí ag gol ach an Bíobla Beannaithe agus an chúis go raibh sí ag caoineadh ná go raibh na sagairt tar éis an fhírinne a ruaigeadh as Éirinn. Deirtear sa dán gurbh é Séamus Bán (Ó Conchubhair) a bhí thiar i nDún Chaoin a fuair amach cérbh í an spéirbhean. Ó Parson Goodman a fuair Séamus Bán an Bíobla Gaeilge agus bhí sé ar dhuine de na chéad daoine a d'iompaigh thiar i nDún Chaoin. Críochnaíonn an dán, go mbeadh Éire cosúil le Tír na nÓg nuair a thiocfadh an Bíobla i bhfeidhm arís:

> Beidh síocháin ghrámhar againn le chéile;
> beidh againn cuigeann is cruach is maothal;
> an Bíobla naofa líofa dá léamh linn,
> fairsinge, flúirse is beannacht Dé againn.

Dé réir an dáin seo, cuirfear an ruaig ar ais chun na hIodáile ar an gcreideamh coigríoch Gallda Rómhánach nó "an chaillig ghróna" mar a glaotar ar an gcreideamh Caitliceach. Chomh fada leis na sagairt, tiocfaidh siad isteach dá ndeoin féin ar deireadh nuair a dhéanfaidh an pobal iad a thréigean. Ach de réir an dáin seo, caithfidh na sagairt pósadh, faoi mar a deir sé: "mar a bpósfaidh gach aon mhac scige díobh, cuirfimís siar go Sceilg Mhichíl iad." Taispeánann sé seo an meon sean-tiomnach a bhí ag na Bíoblóirí — bhí an Bhreatain cosúil le hIosrael sa tSean-Tiomna, agus má bhíonn na daoine dílis d'fhocal Dé, beidh an rath ar an saol.

De réir na mBíoblóirí bhí daoine cíocrach chun an Bíobla a léamh ach bhí Eaglais na Róimhe ag iarraidh é a choimeád uathu ar eagla go bhfeicfeadh daoine an daoirse ina rabhadar ceangailte síos. I léacht a thug an Parson Moriarty don *Irish Society* sa Rotunda thuas i mBaile Átha Cliath, deir sé go raibh ordú tugtha ag na sagairt in Iarthar Duibhneach nach raibh cead ag aon phápaire an Bíobla a léamh ná fiú labhairt le *Bible Reader*. Tagraíonn sé do shochraid ina raibh sé. I ngan fhios don sagart, bhí Bíobla Gaeilge á iompar faoi cheilt ag roinnt daoine a bhí sa tsochraid agus thug sé féin leide faoi cheilt dóibh tar éis na sochraide agus cruinníodar go léir le chéile i ngleann iargúlta, áit nach bhfeicfeadh an sagart iad, chun an Bíobla a léamh. Dúirt duine acu gurb é seo an t-aon uair amháin ina shaol ina raibh sé i ndon focal Dé a chlos. Fuair Parson Moriarty bualadh bos arís agus arís eile ón lucht éisteachta sa Rotunda.[13] Seans, áfach, go bhfuil níos mó scaothaireachta ná fírinne i gcuntas Thomáis.[14] Ní raibh aon chosc ag an Eaglais Chaitliceach ar an mBíobla a léamh i leaganacha a bhí ceadaithe ag an Eaglais. Ní foláir a chuimhneamh leis go raibh formhór an phobail in Iarthar Duibhneach an t-am sin nach bhféadfadh scríobh ná léamh.

Breithiúnas Dé agus an Gorta

Dearcadh eile a bhí coiteann i measc Bíoblóirí ná go raibh breithiúnas Dé sa Ghorta — go raibh sé cosúil le breithiúnas Dé ar chlann Iosrael sa Sean-Tiomna nuair a thosaídís ag déanamh aithris ar ghnása págánacha na gciníocha a bhí thart orthu. Chuireadh Dia mí-ádh éigin ina dtreo chun a chur in iúl dóibh nach raibh sé sásta leis an tslí a bhíodar á n-iompar

---

[13] Cf. *Kerry Evening Post*, 25/3/1846, cols 1-3.

[14] Ní raibh coiscithe ag an Eaglais Chaitliceach ach an Bíobla Gallda. Deir James Gloster, an *Bible Reader* a bhí i nDún Chaoin, sular iompaigh sé féin gur cheannaigh sé le cead ó Fr. Casey cóip de leagan Douai den Bhíobla agus nach bhfaca sé difríocht ar bith idir é agus an leagan Protastúnach. Cf. *The Trial at Tralee*, lch 23. Dúirt sé nach raibh aon achrann riamh aige le Fr. Casey.

féin. Tá an meon sean-tiomnach seo le feiceáil go minic. Tóg, mar shampla, an tuairisc bhliantúil do 1850. Tá cuntas ó James Jordan an *Bible Reader* a bhí istigh ar an mBlascaod. Bhí sé ag bothántaíocht oíche amháin agus bhíodar ag argóint cad a bhí taobh thiar den Ghorta. Dúirt duine amháin nach foláir nó gurb é an diabhal a bhí taobh thiar de mar gurb é a bhí mar údar le gach olc. Ach ansin léigh Jordan dóibh Caibidil 26 as Leabhar Leiviticus. Cuntas atá ann ar fholáireamh a thug Dia do chlann Iosrael, dá mbeidís ciontach in adhradh bréige nó íoladhradh, chuirfeadh sé gach aon saghas plá agus gorta mar phionós chucu. Is cosúil go raibh James Jordan ag iarraidh a chur ina luí ar mhuintir an Oileáin gur pionós ó Dhia a bhí sa Ghorta as an adhradh bréige a bhí ag gabháil le pápaireacht na Róimhe. Seo smaoineamh a gheobhaidh tú arís agus arís eile sna tuairiscí. Bhí Dia, tríd an nGorta, ag cur earráidí agus adhradh bréige na pápaireachta ar a súile do mhuintir na hÉireann.[15]

Mhothaigh na Bíoblóirí an t-uafás agus an ainnise a ghabh leis an nGorta ach san am céanna chonaiceadar é mar sheans ó Dhia agus gur cheart dóibh oiread buntáiste agus ab fhéidir a bhaint as. I dtuairisc na bliana 1848, mar shampla, deir Parson Moriarty:

---

[15] *Report if the Dingle and Ventry Mission Association, 1850:* "Visited one of the Roman catholic houses and found many of the neighbours assembled there who were at variance with each other about the failure of the crops; different opinions were passed respecting the author of it; one said it must be the devil as he was the author of all evil. I then asked one of them did he ever hear of God's dealings with the people of Israel when they used to rebel and sin against him; he said he did not. I then showed him that God in divers ways chastises the poor sinner for his transgression that he is not sensible of, and that God is true to his promise if we turn from our sins and do what is right in his sight; but if not, he is also just in punishing us for those sins.... I asked them would I read and show them from the Word of God that it was as I stated; they said they had no objection. I then read the 26th of Leviticus to the end for them, drawing their attention to each verse as I read it and passed some remarks on idols and image worship, which some of them did not like. After passing some remarks on that portion of God's Holy Word, I was obliged to close the book as it grew dark.... I ended my discourse with them by praying to God, or the sake of his Son Jesus Christ, to draw them from darkness to light, and from the power of Satan unto God; some of them answered, amen, and we departed good friends" (lch 19-20).

By the late terrible dispension an effectual door was opened to us; it is still open and no man can shut it. We are still passing through a most trying ordeal; destitution and depression abound; sickness and death are spreading fast. The people are still subdued and softened, under God, by their own sufferings and sorrows as well as by our sympathy. The Romish priests are still obliged to hold their tongues and, as far as ever our means will enable us, we can carry on our work unmolested. We are at peace with the people and at war with Rome at the same time.

Úsáid an Bhíobla

Bhí muinín thar na bearta ag Bíoblóirí as an mBíobla. Bheireadh an *Bible Reader* a Bhíobla mórthimpeall leis, agus aon seans a gheibheadh sé, léadh sé giota as d'éinne a bheadh toilteanach éisteacht leis. Istigh ar an mBlascaod, bhíodh seisiúin ag James Jordan, agus d'fhonn daoine a mhealladh chun éisteacht leis an mBíobla, thugadh sé greim tobac le cogaint nó gal pípe in aisce d'éinne a thiocfadh. Tugann Mrs. D. P. Thompson giotaí as dialann a choimeád James Jordan istigh ar an mBlascaod.[16] Nuair a théadh sé ag bothántaíocht istoíche, léadh sé píosaí as an mBíobla dóibh — is é sin nuair a leigtí leis. Bhí sé i dtigh Caitlicigh oíche amháin, 22 Bealtaine 1846, agus bhí duine amháin i láthair, duine den mhuintir a bhí iompaithe, agus dúirt sé nach raibh práta ná greim bia fágtha aige féin le tabhairt dá bhean ná dá leanaí. Léigh Jordan amach giota as 1 Ríthe, Caibidil 16, faoi mar sheol Dia an fiach dubh chun bia a thabhairt don fháidh Éilias a bhí ar tí bás a fháil den ghorta amuigh sa bhfásach. Thug sé seo misneach don fhear bocht a bhí i mbéalaibh an ghorta. Ansin dúirt comharsa dó, Caitliceach, go dtiocfadh sé féin i gcabhair air agus líon sé ciseán prátaí dó le breith leis abhaile.

Is soiléir, áfach, go raibh suim ar leith ag na Bíoblóirí i

---

[16] Cf. *A Brief Account etc.*, 2nd ed., pp. 174-181.

dtéacsanna ina bhféadfaidís, dar leo, ionsaí a dhéanamh ar an bpápaireacht agus ar ghnása na Róimhe. Sa mhéid sin, bhí a suim sa Bhíobla caolaigeantach. Tóg, mar shampla, na ceisteanna a bhí Parson Moriairty ag cur ar na leanaí ar an scoil Phrotastúnach sa Bhlascaod — Caitlicigh ab ea beagnach leath na leanaí a bhí ag freastal ar an scoil: "But when we came to examine them in the Scriptures, they were able to answer everything in an anti-Roman way too. 'Repeat the second commandment' was a question put to an intelligent boy of Romish parents. He answered, 'Thou shalt not make unto thyself any graven image,' &c. 'There is Romanism expelled for you,' exclaimed Mr. Moriarty to me in great delight. 'Yes, sir,' added one of the converts, and that is a Roman boy too.'"[17] Is é an pointe a bhí á dhéanamh acu ná go raibh an Eaglais Chaitliceach tar éis an dara aithne a athrú mar níor theastaigh uaithi go bhfeicfeadh daoine an t-adhradh bréige a bhí a thabhairt do íomhánna agus scabail agus rudaí eile. Bhí suim ar leith ag na Bíoblóirí i dtéacsanna ina bhféadfaidís ionsaithe a dhéanamh ar ghnása na hEaglaise Caitlicí.

I dtuairisc na bliana 1850, tá píosa suimiúil ón *Bible Reader*, James Jordan. Cuireann sé síos dúinn na nithe a léadh sé amach ag *Sunday School*. Domhnach amháin, léadh sé Matha, Caibidil 6, faoi dhea-oibreacha agus rinneadh sé iarracht a chur ar a súile dóibh chomh hearráideach agus a bhí dearcadh na Róimhe faoi seo, nach bhfaca an Róimh i ndea-oibreacha ach luach saothair lena bhféadfadh daoine slánú a cheannach dóibh féin ar an saol eile. Dúirt duine amháin a bhí i láthair go bhfuair sé féin comhairle ó sheanduine uair amháin, dá mbeadh prátaí á roinnt amach aige mar charthanacht "never to reach out my hand in charity with *small* potatoes, but the largest I could get, for, said he, they will be so many *stepping stones* for you on the last day, in going through the fire of Purgatory." Bhí an Bhíoblóireacht an-láidir in aghaidh an teagasc Caitliceach faoi phurgadóireacht.

---

[17] *Report if the Dingle and Ventry Mission Association*, 1848, lch 16.

Lá eile léigh James Jordan Caibidil 26 de Naomh Matha (Suipéar an Tiarna) don phobal a bhí i láthair (12 duine fásta agus 20 leanbh) agus arís rinne sé a dhícheall a léiriú nach raibh aon bhunús le teagasc na hEaglaise Chaitlicí faoin Aifreann — Críost a bheith san abhlainn bheannaithe. Toisc an tsuim ar leith a bhí ag Bíoblóirí na scrioptúir a úsáid chun ionsaí a dhéanamh ar an Eaglais Caitliceach, bhí saghas *tunnel vision* acu san úsáid is féidir a bhaint as an mBíobla.

Eaglais Stáit agus Coinsias Stáit
Eaglais Stáit ab ea an Eaglais Phrotastúnach agus d'fhéadfá a rá gur thógadar a gcoinsias ón Stát, mar an gcéanna. Bhíodar fite fuaite leis an rialtas agus leis na tiarnaí talún. D'ainneoin formhór an phobail a bheith ina gCaitlicigh, chonaic na Bíoblóirí an pobal go léir mar chuid dá gcúram spioradálta féin agus go raibh sé de dhualgas ar na tiarnaí talún aitheantas ar leith a thabhairt dóibh sa chúram seo agus cuidiú leo. Ní hionann agus an chléir Chaitliceach, ní rinne na Bíoblóirí cáineadh ná lochtú dá laghad ar an rialtas as na nithe uafásacha a tharla le linn an Ghorta. Nuair a cháin an tArdeaspag Mac Éil na tiarnaí talún le linn an Ghorta, d'fhreagair Brasbie nach raibh na tiarnaí talún "guilty of no other crime than that of requiring their legal rights."[18] I súile na mBíoblóirí, aon rud a bhí ceadaithe ag rialtas Shasana, bhí sé ceadaithe do choinsias an duine. Tá sé seo le feiscint go láidir sna rudaí a tharla anseo in Iarthar Duibhneach. Bhí David Peter Thompson mar *agent* ag Lord Ventry agus chuir sé mórán daoine as a gcuid talún na blianta roimh an nGorta. I 1840 i bParóiste Fionntrá, chuir sé amach 47 teaghlach ina raibh 233 duine — 186 leanbh ina measc. I mí Meán Fómhair 1840, chuir sé amach 247 duine thoir i Lios Póil. Bhí dlúthbhaint ag Thompson leis na Bíoblóirí agus leis an *Irish Society* a bhí ag cuidiú go mór leis an mBíoblóireacht. Thug Thompson talúintí in áiteanna éagsúla don *Irish Society* tar éis

---

[18] *Kerry Evening Post*, Sat. Jan. 29 1948, lch 2, col 4.

muintir na háite a dhísealbhú. Chuir Thompson amach, mar shampla, Micí Buí agus a dheartháir Tom a bhí sa Ghort Mór in aice an Bhuailtín agus thug sé an talamh don Eaglais Phrotastúnach chun teampall, scoil agus *rectory* ("cúirt") a thógaint ann. Mainíneach ab ea Micí Buí agus gaiscíoch mór a bhí ann i súile an phobail. Is amhlaidh a bhí achrann éigin idir é féin agus a dheartháir agus d'iarr sé ar Thompson réiteach a dhéanamh eatarthu ach is amhlaidh a dhein Thompson an bheirt a chaitheamh amach. Bhí sé coiscithe ar Mhicí Bhuí fiú siúl amach tríd an áit.[19] Chuir sé amach na tineontaithe a bhí ar na Cluainte agus cuireadh *colony* Protastúnach isteach ann; chuir sé amach na tineontaithe a bhí sa Ghleann Mór thiar i nDún Chaoin agus arís i gCathair Deargáin i bParóiste na Cille agus tugadh an talamh do Gayer don *Irish Society*. Bhí fuath ag mórán daoine do Thompson agus deirtear gur lasadh tinte cnámh nuair a tháinig scéala a bháis. I súile na mBíoblóirí, áfach, fear iontach carthanach ab ea David Peter Thompson, mar a léiríonn Parson Moriarty:

> And will it be believed, triumphs were sung on the death of the late ever-to-be lamented D. P. Thompson, Esq. He was, indeed, a public and a private loss, I know well how he detested dishonesty and hypocricy in all men, whether Protestants or Romanists. He was a true friend of every honest man under his control, and many a family he raised to independence in this country. He was the widow's friend too. The Lord comfort his widow. Everyone knows how the Ventry Estates improved under his agency. He knew well the state of things in this country, and he had the manliness to provide turf and potatoes for the poor persecuted converts from the tenants under his charge. This was one of his last acts before leaving for Dublin, hence the triumphs at his death. Alas! for religion. Alas! for

---

[19] *Coimisiún Bhéaloideas Éireann*, Ls 1070, lch 77.

humanity itself — how devoid of both must be the hearts of these men. [20]

Taispeánann sé seo chomh doimhin agus a bhí an deighilt ó thaobh creidimh agus coinsiasa idir an dá thaobh. Chun meon na mBíoblóirí a thuiscint, ní foláir cuimhneamh ar phrionsabal bunúsach, beag nach fírinne creidimh, ar a raibh sé bunaithe, is é sin gur ríocht Ainchríost nó Shátain a bhí sa phápaireacht. Bhí sé de dhualgas orthu féin, dar leo, cumhacht na pápaireachta a bhriseadh. Bhí an tuairim seo forleathan i measc Protastúnach. Rud eile a chuidigh leis an meon seo ná gur chreid mórán Protastúnach an t-am san go raibh an *millennium* ar tí tarlú. Bhí Críost ar tí teacht agus ríocht na bhfíréan a bhunú ar an saol seo agus chuirfí deireadh le ríocht Shátain, is é sin pápaireacht na Róimhe. Chonaiceadar cheana féin, dar leo, an scríbhneoireacht ar an bhfalla — bhí údarás an Phápa ag dul chun deiridh ar fud na hEorpa. B'ionann agus crosáid dóibh féin páirt a ghlacadh sa bhfeachtas ag cur deireadh le riail an Phápa in Éirinn.[21]

Bua na Carthanachta

Bheadh sé éagórach a thabhairt le tuiscint gur chuir an Gorta áthas ar na Bíoblóirí. A mhalairt ar fad. Is soiléir gur ghoill sé go mór orthu an t-uafás a bhí á fhulang ag an bpobal. Rinne Charles Gayer obair iontach ag iarraidh obair a chur ar fáil le linn geimhridh na bliana 1847 — is é a thóg an túr ag béal Chuan an Daingin. Is soiléir ó litir a scríobh sé an t-am sin

---

[20] *A Brief Account etc.*, Mrs. D. P. Thompson, 2 ed. (1847), lch 210-2.
[21] Tá an meon seo le feiceáil i dtuairisc bhliantúil an *Dingle and Ventry Mission Association* do 1848: "The zeal manifested by England for the extension of the Redeemer's kingdom; the success granted to her arms by the God of Battles; the unbroken peace she enjoys at home, while a moral earthquake is shaking the thrones and kingdoms of Europe; upborne like the ark of old upon the face of the troubled waters, because she keeps and carries within her the truth of God as a sacred deposit — all these tokens of divine favour seem a prophetic earnest that she is destined to become an honoured instrument in hastening 'that happy day, when all the sons of Adam shall be free', and when the kingdoms of this world shall become the kingdoms of our Lord and of his Christ" (*ibid*. lch 17).

gur mhothaigh sé go trom ainnise na mbocht aimsir an Ghorta agus gur tháinig sé i gcabhair orthu cé gur Caitlicigh a bhformhór ar fad.²² Thóg sé féin an galar breac agus fuair sé bás de seo ar 20ú Eanáir 1848. D'fhág sé naonúr leanbh ina dhiaidh agus dílleachtaithe ab ea iad mar bhí a máthair caillte cheana féin. Taispeánann an tsochraid mhór a bhí aige sa Daingean, idir Chaitlicigh agus Phrotastúnaigh, an buíochas a bhí ag daoine dhó as a raibh déanta aige. Agus Parson Moriarty, mar an gcéanna, ní bhfuair éinne bás den Ghorta ar an mBlascaod agus tá cuid mhór dá bhuíochas sin ag dul do Pharson Moriarty. Agus fiú amháin nuair a bhí sé soiléir nach raibh cuid de na daoine a d'iompaigh dáiríre, tugadh cabhair dóibh. Sa dialann a choimeád James Jordan ar an mBlascaod, deir sé faoin mblian 1846: "October 22nd. — I taught the children as usual their Lessons, Prayers and Catechism; and then assembled the adult class, 22 being present, some new converts, but I am afraid it is out of distress, but of this I am not to be the judge, as our own men were for some days in great distress."²³ Is soiléir ó chuntas Mrs. Thompson gur shocraíodar, in am an ghátair, cuidiú le gach éinne, Caitlicigh agus Protastúnaigh.²⁴ Pé cáineadh a déantar ar Parson Gayer agus Parson Moriarty, nuair is mó a bhí gá le carthanacht aimsir an Ghorta, rinneadar a ndícheall. Leighiseann carthanacht an uile locht.

---

²² "As I supposed there would be a great distress at this time, so it has turned out. Thousands are now thrown upon what I brought, and when it is out, I fear there will be a dreadful misery and starvation. I hope to make my store last for another week; and unless some further aid can be got by that time I fear that the people will be driven to plunder, and then it will be lie down and die. There is no district I am sure in Ireland anywhere like this. I am giving food to at least three thousand people daily. Several hundred people came unasked to cut down our corn, flax, etc. They seemed very grateful" (*Kerry Evening Post*, Wed. Sept. 8, 1847).

²³ *A Brief Account etc.*, p. 180.

²⁴ "The famine that at present exists throughout our ill-fated land is here (The Blasquets) felt in all its devastating power, so much so that we have been obliged to level all distinctions of Convert and Romanist, in the wider charities of suffering fellow creatures; and administer food, as far as our means enable us, to all alike" (*ibid.* lch 103).

Tigh na mBocht, an Daingean.

Tomás Ó Caoimh

Foinsí: Tá cuid mhaith den chur síos anseo bunaithe ar nótaí a chuir an scoláire Joan Stagles le chéile; thug a fear Ray na nótaí seo do Phádraig Ó Fiannachta a thug dom iad. Déanfar taighde Joan Stagles ar an ré seo a chur os comhair an phobail de réir mar a bhíonn deis ann; sin a theastaigh ó Ray Stagles. Tá Leabar Miontuairiscí Bhord Bardachta an Daingin ó Samhain 1846 - Márta 1848 ar fáil (Micro-film i Leabharlann Náisiúnta na hÉireann — ach i ndáiríre is Miontuairiscí Bhord Thrá Lí atá iontu agus plé ar siúl acu ar nithe a bhaineann leis an Daingean). Tá na "Minute Books of the Dingle Union" ar fáil i Leabharlann an Chontae i dTrá Lí ach is ar na nuachtáin is mó atá taighde Joan Stagles bunaithe. Tá a lán oibre bunúsaí le déanamh ar Mhiontuairiscí Bhord Bardachta an Daingin fós; tá cur síos ar na cruinnithe ó sheachtain go seachtain agus mionchur síos ar ghnó an Bhoird iontu.

B'iad seo a leanas na nuachtáin gur bhain Joan Stagles úsáid astu:
Tralee Chronicle (TC)
Kerry Evening Post (KEP)
Bhain mé féin úsáid as na leabhair/altanna seo a leanas leis chun cuid den chúlra a chur leis an bpáipéar seo:
McKenna, Jack, *Dingle*, Killarney, 1985.
O'Connor, John, *The Workhouses of Ireland: The Fate of Ireland's Poor*, Dublin, 1995.
Póirtéir, Cathal, *Famine Echoes*, Dublin, 1995.
W. O'Brien, "Dingle: its Protestantism and Pauperism", *Halliday Pamphlets*, R.I.A., 1852. (Táim thar a bheith buíoch do Sheoirse Ó Luasa a thug cóip den saothar seo dom.)

Sa réamhrá dá leabhar *The Workhouses of Ireland* labhrann John O'Connor mar gheall ar an scéal pearsanta, an scéal daonna atá le hinsint mar gheall ar Thithe na mBocht; deireann sé linn nach ceart béim ró-mhór a leagan ar na figiúirí nó staitistcí ach gur ceart díriú ar an scéal daonna, an scéal a bhaineann lenár sinsir, ár muintir féin, gur ceart a rá gur tharla sé seo go léir agus nach siar sa stair i bhfad uainn atá an scéal seo. Mar a deireann an leac cuimhneacháin ar an Tigh i Magherafelt agus í ag piocadh suas líne ón *Aeneid : forsan et haec olim meminisse iuvabit,* "is dócha go gcabhróidh sé linn lá éigin bheith ag cuimhneamh ar na nithe seo". Ina leabhar *Mo Scéal Féin* cuireann an tAthair Peadar síos ar scéal an fhir a thóg a bhean chéile abhaile ó Thigh na mBocht i Magh Cromtha ar a dhroim tar éis dóibh féachaint isteach sa pholl ina raibh a mbeirt leanbh curtha. Tháinig na comharsain ar an mbeirt seo an lá ina dhiaidh sin ina mbothán agus iad fuar, marbh agus thugadar faoi deara go raibh cosa na mná fós á gcoimeád ina bhrollach aige, é tar éis iarracht a dhéanamh iad a théamh. Ba cheart cuimhneamh leis ar na daoine, dhá chéad acu seachtain i ndiaidh seachtaine, a sheas ar an gcé i gCorcaigh agus a tháinig ó Thigh na mBocht sa Neidín agus iad ag tabhairt faoi Mheiriceá. Agus cad faoin mbean a chuaigh i bhfolach taobh thiar de na sceacha lá i ndiaidh lae agus í ag iarraidh spléachadh beag a fháil ar a leanaí agus iad ag teacht agus ag imeacht ó na clóis i dTigh na mBocht? Agus ní ceart dearmad a dhéanamh go deo ar an turas a thug grúpa ar Thigh na mBocht i Louisburgh i Mí Márta 1847 nuair a cuireadh na daoine ón doras agus nuair a bhí orthu filleadh abhaile agus iad ag titim leis an ocras agus leis an bhfuacht ar an slí.

Táimid ag díriú ar Thigh na mBocht sa Daingean agus mar sin is sórt Oilithreachta pearsanta é do gach duine ón ndúthaigh seo mar is cuid de scéal mhuintir na háite scéal Thigh na mBocht sa Daingean. B'fhéidir nach bhfuil radharc ró-mhaith againn ar na haghaidheanna, b'fhéidir nach n-aithneofar cuid mhaith de na hainmneacha agus b'fhéidir nach bhfuil mórán acu againn ach ní gá dul ró-fhada siar i stair na háite chun bualadh leo. Sórt scáileanna is ea iad dúinn ach táid ann agus ní ceart iad a fhágaint faoi scáil na staire, daoine beo ab ea iad agus a scéal féin le hinsint ag gach aon duine acu. Cuid dár scéal is ea a scéal féin: *forsan et haec olim meminisse iuvabit,* "is dócha go gcabhróidh sé linn lá éigin bheith ag cuimhneamh ar na nithe seo". Tá an lá tagtha le comóradh an Ghorta Mhóir.

Sna blianta luatha den 19ú céad tuigimid go maith go raibh

an tír seo faoi scáth an bhochtanais, bhí a thrian den daonra agus a thuilleadh ar an ngorta nach mór tríd na blianta sin agus daoine ar an trá fholamh leath den bhliain. Ag an bpointe seo ní raibh aon chóras leasa oifigiúil ann chun cabhrú leis na daoine — dul ag iarraidh na déirce nó carthanachta de shaghas éigin an t-aon fhaoiseamh a bhí le fáil.

Cé gur cuireadh 114 Coimisiúin Ríoga agus Coistí Fiosrúcháin ar bun idir 1800 agus 1840 níor cuireadh aon fhostruchtúr ceart ann chun deighleáil leis na fadhbanna. Sa bhliain 1834 cuireadh córas Tithe na mBocht ar bun i Sasana - Tigh na mBocht sa Ghaeilge ach *Workhouse* i mBéarla agus bhí an bhéim ar 'obair'. Ní raibh cabhair nó fóirithint ar fáil ach amháin i dTigh na mBocht agus chuir an córas brú ar na daoine bochta obair de shaghas éigin a lorg. Cé nach raibh mórán oibre ar fáil in Éirinn agus cé gur chuir na Tiarnaí Talún agus na tionóntaí go mór ina choinne — idir Chaitlicigh agus Phrotastúnaigh — bheartaigh Rialtas Shasana ar an gcóras a chur ar bun sa tír seo chomh maith. Cuireadh Acht Parlaiminte tríd "for the more Effectual Relief of the Poor in Ireland" i 1838 agus tosnaíodh ar 130 Tigh na mBocht a thógáil tríd an tír. Bhí sé i gceist acu go mbeadh spás ar fáil do c. 95,000 istigh iontu. Níor éirigh chomh maith san leis an gcóras ón tús. Bunaíodh an córas ar fad ar an tuairim *"that the lot of the able-bodied should be less tolerable than that of the lowest labourer outside"*. Ach chaitheadar géilleadh don tuairim go raibh sé deacair dul níos ísle ná an caighdeán maireachtála a bhí ag formhór na nGael cheana féin. Nuair a bhí an méid sin daoine ar an trá fholamh cuid mhaith den am agus iad stiúgtha leis an ocras chuaigh sé dian orthu leis caighdeán bia a chur ar fáil a bheadh níos ísle ná caighdeán daoine ar an taobh amuigh. Chuir formhór na daoine i gcoinne Tithe na mBocht agus i gcoinne an chórais go dtí gur tháinig an Drochshaol, 1846.

I Mí na Samhna 1845 Cuireadh "Central Relief Commission" ar bun chun tabhairt faoin obair fóirithinte a eagrú. Bhí sé mar bhun-straitéis acu tacaíocht a thabhairt do agus cur le hiarrachtaí áitiúla. Cuireadh deontais ar fáil, dhá thrian den mhéid a bailíodh go háitiúil de gnáth a bhí i gceist.

Go dtí 1848 bhain Corca Dhuibhne ar fad le Aontas Dlí na mBocht Thrá Lí; Aontas an-mhór ar fad ab ea é seo. Bunaíodh an tAontas i 1839; b'iad Lios Tuathail, Cill Airne agus an Neidín na cinn eile sa Chontae; bunaíodh na hAontais seo sa bhliain chéanna.

Baineann Tigh na mBocht an Daingin leis an chuid deireanach de Stair tógála Tithe na mBocht. Tógadh é mar cheann de 33 Tigh breise a cuireadh ar fáil. Bhí plean níos fearr leagtha amach do na Tithe seo; bhí na foirgnimh agus an leagan amach i bhfad níos fearr. Tógadh an ceann sa Daingean i 1849, tógadh an-chuid acu i 1852 (Baile Uí Mhatháin, Béal an Mhuirthead, Baile Chaisleán Béara, Clár Chlainne Muiris, Cloich na Coillte, An Gleann, Sráid an Mhuilinn, Baile Mhisteála agus Scoil Mhuire ina measc). Tógadh roinnt eile i 1853. Bé ceann an Daingin an ceann is deireanaí a tógadh i gCiarraí, sé cinn ar fad a tógadh sa Chontae (163 sa tír go léir):

    Trá Lí - 1844
    Cill Airne - 1845
    An Neidín - 1845
    Lios Tuathail - 1845
    Cathair Saidhbhín - 1846
    An Daingean 1849/50.

Idir 1845 agus 1855 seo mar a bhriseann na figiúir síos go náisiúnta ó thaobh áitritheoirí:

(Figiúirí ó John O'Connor, *The Workhouses of Ireland*)

Year		Number	
1845	-	38,497	
1846	-	42,089	
1847	-	83,283	
1848	-	128,020	
1849	-	193,650	
1850	-	211,047	
1851	-	217,388	(buaicphointe)
1852	-	166,855	
1853	-	129,390	
1854	-	95,197	
1855	-	75,599	

Sna pleananna a bhí acu 80,000 duine an méid is mó a d'fhéadfadh an córas a thógaint mheasadar!

B'í Corca Dhuibhne an Bharúntacht is boichte ar fad san Aontas; ní raibh mórán ag teacht isteach ó luacháil dhlí na mbocht agus chinntigh iargúltacht na háite ná féadfadh mórán den daonra cabhair a fháil ó Thrá Lí nó ó Thigh na mBocht ann.

Mar is eol daoibh tá tríocha míle idir Trá Lí agus an Daingean féin — cuimhnigh ar staid na mbóithre sna blianta sin, pé rud fúthu sa lá tá inniu ann. Ba trí Abhainn an Scáil a théadh an Cóiste Poist; osclaíodh an Chonair mar thogra fóirithinte na mbocht i 1830; agus ní raibh críoch ró-iontach ar an mbóthar céanna, clocha garbha a bhí ann. Deireann an *Tralee Chronicle* gur thóg an Cóiste Poist cúig uair a chloig dul ó Thrá Lí go dtí an Daingean i 1858 (*TC*, 8/10/1858). Fiú sna 1930í thóg an traen dhá uair go leith an turas a dhéanamh.

Ní ceart go mbeadh aon ionadh orainn nach mbíodh na baill ón mBord Bardachta sa Daingean (*Poor Law Guardians*) ag na cruinnithe den Bhord go ró-mhinic. Bhíodh cruinniú ar siúl gach aon seachtain. Ní ceart go gcuirfeadh sé aon ionadh orainn ach an oiread nár shroich roinnt mhaith de mhuintir na háite a dhein iarracht dul go dtí Tigh na mBocht i dTrá Lí a gceann scríbe. Fuair roinnt mhaith de na daoine a shroich an áit amach go raibh an áit lán go doras sna 1840í; ní raibh aon slí dóibh.

Osclaíodh Tigh na mBocht Thrá Lí go hoifigiúil in 1844; deireann an *Tralee Chronicle* linn go raibh sé sa phlean go mbeidís in ann deighleáil le 100 duine istigh ann (*TC* 3/02/1844). Bhí an suíomh a bhí acu ar cíos agus thángadar faoi bhrú ón tiarna talún minic a dhóthain is cosúil; ba mhinic nach rabhadar in ann an cíos a dhíol (*TC* 5/04/1847). Ní raibh dóthain airgid riamh ag an Aontas, bhain roinnt mhaith fiacha leo i gcónaí — bhíodar ag iarraidh tabhairt faoi airgead a bhailiú ar láimh amháin trí luacháil dlí na mbocht agus ar an láimh eile de bhí sé ag dul dian orthu cabhair a chur ar fáil do na mílte a bhí ag teacht chucu agus iad ar an trá fholamh agus iad stiúgtha leis an ocras; go háirithe tríd an ngeimhreadh sna blianta '45-'46 agus '46-'47.

Sa bhliain 1846, i lár mí Dheireadh Fómhair bhí 901 duine istigh i dTigh na mBocht Thrá Lí (TC 17/10/1846). Bhí costas 2/10d ag baint le gach duine gach seachtain; deireann an *Tralee Chronicle* linn, coícís ina dhiaidh sin, go raibh fiacha £840 ag an Aontas agus go raibh 1034 duine istigh (agus gur cuireadh a lán ón doras leis) (TC 31/10/1846). Ag deireadh Mí na Samhna bhí 1207 istigh i dTigh na mBocht agus ba leanaí iad 519 díobhsan (TC 28/11/1846)

Cuireadh Coiste Fóirithinte áitiúil ar bun sa Daingean, de réir mar a bhí leagtha síos ag an gCoimisiún Fóirithinte a cuireadh ar bun in 1845 mar chuid de straitéis Peel.

Tugadh faoi Choiste áitiúil a chur ar bun nuair a chuir Lord Kenmare, Leifteanant Chiarraí, litir a fuair sé ón Lord Lieutenant ar aghaidh go dtí John Hickson, D.L., ón Grove ar an 19ú Samhain 1845. Sa litir sin lorgaíodh:

> the fullest information as to the extent of the injury already sustained by the potato crop, and as to the probability of the present supply being sufficient for the support of the people during the ensuing winter and spring (McKenna, lch 79).

Moladh sa litir chomoh maith

> that a local committee of magistrates, gentry and clergy be established to propose measures of relief in urgent cases, and to adopt means of giving employment (McKenna, *ibid.*).

Cuireadh Coiste Fóirithinte an Daingin/ The Dingle Relief Committee ar bun ar an 4ú Nollaig 1845 agus leagadh síos mar bhunaidhm:

The consideration of the state of the potato crop in the barony of Corkaguiny and the best means to adopt for the relief of the people in the event of a scarcity of provisions, so as to secure to them a sufficient quantity, and also the remunerative employment to enable them to purchase it (McKenna, *ibid*.).

Toghadh John Hickson mar Chathaoirleach ar an gCoiste, toghadh Thomas P.Trant mar Rúnaí, toghadh baill den Ghiúistíocht, baill den chléir, Coimeádaithe na Ranna Toghcháin (Guardians of the Electoral Divisions), Cathaoirleach an Poor Law Union (Aontas Dhlí na mBocht), Herbert Clifford, an tOifigeach i gceannas ar na Gardaí Cósta, John Drummond (Resident Magistrate, Giúistís Cónaithe), Edward de Moleyns, deartháir Lord Ventry, Edward Day Stokes (Farranakilla House), Francis R. Leahy (Giúistís Síochána, agus Ionadaí/Gníomhaire/Agent Lord Cork), Michael Gallwey (Ballintagart House), John Eagar, Patrick Gray, Edward agus Timothy Moriarty mar bhaill den Choiste.

Tháinig an Coiste le chéile go minic agus tosnaíodh ar airgead a bhailiú — tháinig síntiúis go luath ó Lord Ventry, Lord Cork agus the Hon. William Browne M.P. Cuireadh Stór le Robert Hickson ó Chathair Uí Mhóráin ar fáil don Choiste. Tógadh Stór Patrick Gray mar Stór éigeandála; b'é Lónroinn an Rialtais (Commissariat) a shocraigh é seo agus chreid an-chuid daoine (an Coiste Fóirithinte san áireamh is dócha) go raibh fuílleach mine ann agus go gcuirfí an mhin seo ar fáil nuair a bheadh gá leis. Ní raibh an ceart acu faraoir; osclaíodh an Stór uair amháin nuair a tugadh amach dhá thonna ach coimeádadh pé min a bhí ann faoi ghlas taobh amuigh de sin. Deineadh an-chuid gearán mar gheall ar seo ach comeádadh an Stór 'hermetically sealed' mar a deireann an *Tralee Chronicle* (24/10/1846). Bhí an Stór seo folamh faoin tráth gur tháinig tús 1847. I Mí an Mheithimh tháinig steamer le 372 bairrile de mhin bhuí do Stór an Commissariat agus 45 bairrile don Choiste Áitiúil Fóirithinte. Dúnadh Stór an Commissariat ar fad i Mí Meán Fómhair 1847 agus tógadh an treallamh agus an mhin go léir amach as (*TC* 11/09/1847). Baineadh úsáid as an Stór seo níos déanaí mar Thigh na mBocht sealadach. Scríobhadh litir ón gCoiste go dtí an Lord Lieutenant ag míniú dó cé chomh holc is a bhí an scéal mórthimpeall agus lorgaíodar a thuilleadh cabhrach. Dúradar sa litir ná beadh dóthain prátaí ar fáil thar Mhí Aibreáin agus go raibh fiabhras ar fud na háite. Ag cruinniú den Choiste sa Teach Cúirte ar an 19ú Márta 1846 cuireadh iarratas go dtí an Bord Bardachta ag iarraidh orthu ospidéal fiabhrais sealadach a chur ar bun. Faoi dheireadh agus tar éis mórán plé d'aontaigh an Bord Bardachta i dTrá Lí gur ceart ospidéal fiabhrais sealadach a bhunú agus bheartaíodar go dtitfeadh an costas ar Aontas Dhlí na mBocht Thrá Lí. Cuireadh coiste le chéile chun teacht ar fhoirgneamh a bheadh oiriúnach (*TC* 18/07/1846). Bhí géarghá lena leithéid ach cé gur ofráil Lord Ventry suíomh saor in aisce i Mí Eanáir 1849 níor osclaíodh ospidéal i gceart go dtí 1852. Thóg beirt dochtúir, Dr. Williams agus Dr. Hickson, orthu féin bheith ina nOifigigh Leighis. Deireann an *Tralee Chronicle* linn go raibh 50 othar istigh san ospidéal sealadach ar an 31/10/1846.

Bhí dóthain fadhbanna acu is cosúil agus cuireadh gearáin isteach nach raibh aon smacht san áit. Thosnaigh Bord Bardachta Thrá Lí ag lorg cuntaisí ach ní bhfuaireadar iad. Is cosúil nach bhfuair an beirt dochtúir aon tuarastal ar dtús ach an oiread. Tugann an *TC* cuntas dúinn mar gheall ar chruinniú a shocraigh roinnt mhaith de na ceisteanna (9/10/1847) agus thángadar ar chine go gcoimeádfaí oscailte an tOspidéal.

Ag deireadh Mhí Deireadh Fómhair 1846 mhol Patrick Trant, ball de Bhord Bardachta Thrá Lí, ionadaí do cheantar an Daingin, gur ceart go mbeadh Tigh Bocht ag an Daingean — ceann sealadach nó buan (*TC* 31/10/1846). Is cosúil gur cuireadh isteach iarratas dá leithéid cheana go Coimisiún Dhlí na mBocht, iarratas a tháinig ó Chruinniú idir Coiste Fóirithinte an Daingin agus úinéirí talún, an chléir agus daoine eile. Is cosúil go raibh Trant ag teacht faoi bhrú go háitiúil an t-iarratas seo a bhrú ar aghaidh. Bhí leisce ar an mBord i dTrá Lí tabhairt faoina leithéid toisc go dtitfeadh an costas ar Aontas Thrá Lí ach dúirt Trant go raibh sé chun Tigh Bocht don Daingean a mholadh go foirmeálta ar an 17ú Samhain (bhíodh fógra trí sheachtain ag teastáil dá leithéid). Ní raibh Trant i láthair ag an gcruinniú sin, áfach, agus chuir duine eile de ionadaithe an Daingin ar an mBord, Patrick Gray an moladh os comhair an chruinnithe. Thug sé cuntas ar riachtanais an Daingin agus glacadh leis an moladh gur cheart Tigh Bocht sealadach a bhunú sa Daingean. Cuireadh Coiste le chéile; ochtar a bhí i gceist, idir baill den Bhord Bardachta agus daoine eile, agus iarradh orthu teacht ar fhoirgneamh oiriúnach agus cuntas a thabhairt don Bhord chomh luath agus ab fhéidir (*TC* 21/11/1846). Cuireadh tuairisc isteach go luath Mí na Nollag ach ní raibh ach ceathrar den ochtar ar an gCoiste sásta é a shíniú. Cháin beirt eile den ochtar an tuairisc ag an gcruinniú den Bhord Bardachta agus níor glacadh leis an tuairisc. Cé gur iarr an Bord orthu tuairisc eile a chur isteach (*TC* 5/12/1846) níor cuireadh aon cheann eile ar fáil agus chuir sé sin moill ar an bplé ag an mBord mar gheall ar Thigh Bocht sa Daingean ar feadh bliana, cé go raibh cúrsaí go dona ar fad tríd an ngeimhreadh agus an earrach san ('46/'47), an tréimhse is measa ar fad sna blianta san, blianta an Ghorta Mhóir. Léimid cuntais sna nuachtáin, seachtain i ndiaidh seachtaine ar rudaí uafásacha ag titim amach i bParóiste Cheann Trá, Paróiste Chill Chuáin agus in áiteanna eile i gCiarraí Thiar. Is cosúil nach raibh dhá thrian de mhuintir Pharóiste Chill Chuáin in ann a mbotháin a fhágaint trí éidíme an ghorta a bheith orthu (*TC* 10/04/1847, 01/05/1847 et al.) Tagann tuairisc anuas chugainn ón Athair Ó Dubháin, sagart paróiste an Daingin (1839-1849) go bhfuair 4,700 duine bás tríd an ngeimhreadh sin óna pharóiste féin. Fós níor tháining aon tuairisc ón gCoiste ná aon mholadh mar gheall ar fhoirgneamh nó shuíomh do Thigh Bocht. Pléadh an scéal arís i Mí na Samhna 1847 nuair a cuireadh Achaní/Liosta Ainmneacha (leis an teideal *The Dingle Memorial*) chuig Coimisinéirí Dhlí na mBocht ó leath de bharúntacht Chorca Dhuibhne. Bhí 21,000 síniú ag dul leis an *Memorial* agus chuir sé síos ar bhochtanas agus fulaingt na ndaoine, ar staid na mbarraí, ar an easpa fostaíochta agus conas go raibh moill mhór ann ó thaobh an *Relief Act* a chur i bhfeidhm sa cheantar. Deirtear chomh maith nach easpa airgid a bhí i gceist ach "the apathy of those whose duty it is to work for the poor". Is cosúil gur chaith an Bord Bardachta níos mó ama ag argóint mar gheall ar cheann de na sínithe ar an *Memorial* ná mar a chaitheadar ag plé an *Memorial* féin agus an t-eolas istigh ann (TC 13/11/1847); sin rud ná cuireann aon ionadh ar Joan Stagles mar gheall orthu. Ghlacadar leis, áfach, go raibh muintir na háite ar an trá fholamh ar fad agus go raibh daoine ag fáil bháis leis an ocras.

Ag an bpointe seo glacadh leis go gcaithfí Aontas a bhunú don Daingean/Corca Dhuibhne más rud é go rabhadar chun Tigh Bocht a chur ann. Bheadh an dualgas ar Aontas an Daingin tabhairt faoin Tigh a rith agus seirbhísí cabhrach a chur ar fáil as a gcuid rátaí féin ansin; bhí Aontas Thrá Lí faoi bhrú go mór ó thaobh airgid de ar aon nós. Bhí formhór den Bhord sásta go leor leis seo toisc gurb é Corca Dhuibhne an bharúntacht is boichte san Aontas agus an bharúntacht go raibh an t-éileamh is mó ag baint leis. Bhíodh an-iomaíocht idir na Baill den Bhord ós na ceantair difriúla agus gach aon duine acu ag lorg tacaíochta dá ndúiche féin. Is cosúil leis gur mheas cuid acu go raibh Corca Dhuibhne ag fáil an iomad cheana féin (n'fheadar an bhfuil an tuairim sin fós ann ar fud an Chontae!) agus go mbíodh an iomad plé mar gheall ar Chorca Dhuibhne ag na cruinnithe de Bhord. Dúirt ball amháin ó Chaisleán na Mainge ag cruinniú ar an 18 ú Nollaig 1847: "There is nothing but Dingle, Dingle, every minute in [this] room. Other guardians.... cannot get an opportunity of doing anything for their poor, from the incessant obtrusion of Dingle"(TC 18/12/1847).

Chaitheadar cúpla seachtain ag caint mar gheall ar an moladh faoi Aontas neamhspleách don Daingean ach níor thángadar ar aon chinneadh. Go luath i Mí na Nollag ba léir go raibh baill an Daingin faoi bhrú ag baile. Mhol Patrick

Gray don Bhord Bardachta go n-osclófaí Tigh Bocht sealadach gan a thuilleadh moille. Luaigh sé an turas a bhí le déanamh go Trá Lí ón nDaingean agus luaigh sé "the extraordinary present necessity", "the danger of a disturbance if accommodation is not immediately established," agus chuir sé in iúl chomh maith "[that] the people attacked the Guardians the day before, and they had to take shelter in the Police barracks. In fact," dúirt sé,"the lives of the Guardians were not safe if something prompt and immediate were not done" (TC 18/12/1847). Tháinig na baill den Bhord ó Chorca Dhuibhne le chéile agus b'é an focal a tháinig ón gcruinniú sin ná:

[It is] impossible to continue our exertions unless a temporary poorhouse is immediately opened in Dingle....... on behalf of our poor people, otherwise the loss of life before the end of one week will be greater than we can describe; that all the small stock of provisions usually brought to the Dingle market being now exhausted, the people, hitherto peacable, are beginning to be very wild and desperate, threatening of their future conduct (TC, ibid.).

Glacadh leis go gcaithfí teacht ar chinneadh mar gheall ar an Daingean go práinneach; lean an cruinniú den Bhord Bardachta ar aghaidh ar feadh dhá lá ach d'aontaíodar gur cheart Aontas nua a bhunú don Daingean, gur cheart Tigh Bocht sealadach a oscailt agus gur cheart ceann buan a thógaint ina dhiaidh sin (TC ibid.)

Nuair a bhí an cruinniú seo ar siúl chuir Trant, an ball den Bhord ón nDaingean a mhol dóibh tabhairt faoi Tigh Bocht sa Daingean i Meán Fómhair 1846, in iúl dóibh cén fáth nár dhein sé aon rud mar gheall ar a mholadh ó shin agus cén fáth go raibh sé ag cur ina choinne ag an gcruinniú. Is cosúil go raibh Tiarnaí Talún na leithinise i gcoinne an phlean agus léirigh sé don chruinniú: "[that} he did not like to press it in opposition to the wishes of gentlemen who had a greater interest in the barony than himself" (*TC, ibid.*) Fad is a bhí an cruinniú ar siúl bhrúigh slua isteach orthu, daoine a bhí ar an trá fholamh. Ní raibh na gardaí amuigh in ann iad a choimeád amach:

> There being only two mounted police to keep the people outside in order, the crowd broke in and were getting upstairs to the board room, when the Relieving Officers were directed to get the people from their different localities some rations. This being done, it had the effect of appeasing them (*TC ibid.*).

Críochnaíodh an saothar ullmhúcháin ag deireadh Mí Feabhra 1848 agus deineadh Aontas nua a chur ar bun le toghcháin don Bhord nua, Bord Bardachta do Aontas an Daingin, Mí Márta 1848. Idir an dá linn bhí Bord Thrá Lí fós ag plé leis an leithinis agus ghlacadar le moladh i Mí Feabhra gur cheart an tigh agus an Stór a bhíodh in úsáid ag an Commissariat (Stór an Rialtais thuasluaite), foirgnimh a bhain le Patrick Gray, agus an sean-ghrúdlann, a bhain le Eager, a thógaint ar cíos do Thithe Bocht sealadacha.

Toghadh an Bord nua ar an 25ú Márta 1848; toghadh cúigear déag ó dheich gceantar toghcháin:

Dingle: Michael Gallwey (Ballybeg Ho.), John Shea (Baile an Mhuilinn), J.Moran (Baile Uí Shé), James Driscoll (Killanagleragh), Michael Mac Donnell (Emelagh)
Dunquin: Matthew Trant Moriarty (Ventry Cottage, deartháir an Mhinistir i gCeann Trá)
Dunurlin: Henry Mc Cann
Minard: Patrick Hannafin
Ballinacourty: James Moriarty (Bracklaun, Abhainn an Scáil)
Ballinvoher: Timothy Moriarty (Ballintarmon)
Ventry: Michael McDonnell (Emelagh, toghadh é ar son dhá cheantar)
Ballyduff: Michael Connor (Droum)
Castlegregory: Morgan Flaherty (Ballyhoneen); Michael Mahony (Kilmurray)
Kilquane: Edward Moriarty (Monaree)

Bhí lánchead ag na Giúistísí áitiúla suí ar an mBord chomh maith (*ex officio*) ach ní ró-mhinic a thugadar faoi go dtí 1851 nuair a thosaigh clann Lord Ventry bheith gníomhach ar an mBord. Bhí Edward Hussey, R. Conway Hickson (Fermoyle) agus Edward Day Stokes ina measc siúd a ghlac chucu féin an cúram.

Conas a d'éirigh leis an Aontas nua? Bhí an scéal céanna acu san agus a bhí ag gach aon Aontas eile san Iarthar agus san Iar-Dheisceart nach mór — brú ó thaobh airgid agus foinsí cabhrach, fulaingt mhillteanach agus gan dóthain a bheith acu chun tabhairt faoi é a leigheas. Ní raibh aon taithí ag na Caomhnóirí ar a leithéid de obair agus iad ag tabhairt faoi Institiúid mhór a rith agus bheith i gceannas ar Chiste Poiblí. Bhí cuma réasúnta ar an scéal nuair a thosnaíodar. Chuir an Coiste Fóirithinte Lárnach airgead ar fáil chun síol a cheannach. Bhí prátaí síl an-ghann, ní nach ionadh, agus ceannaíodh síol svaeid agus tornapaí ina n-áit (*KEP* 31/05/1848). Fuaireadar Teagascóir Talmhaíochta agus thug sé sin faoi timpeall 80-100 acra den Sean-Choimín a chóiriú agus a ullmhú ionas go bhféadfadh an Tigh Bocht féachaint i ndiaidh a riachtanais féin. Is cosúil nár deineadh an méid sin talún a chur faoi bharraí riamh; tagann cuntas anuas chugainn go raibh trí acra go leith ullamh Mí Iúil na bliana sin ach go raibh moill ar an obair toisc go raibh an méid sin clocha sa talamh (*KEP* 5/07/1848). Is cosúil nár tugadh faoi mhórán oibre talmhaíochta ina dhiaidh sin áfach.

I Mí an Mheithimh sa bhliain sin, 1848, bhí 1s-3/4d mar chostas bia don duine. Cuireadh isteach dhá choire copair i gcóir leite/*stirabout* (*KEP* 17/06/1848) agus bhí min bhuí á fháil ag na Caomhnóirí chomh maith. Bhí 280 áitritheoir idir an dá Thigh ach ní rabhadar faoi bhrú an-mhór fós toisc go raibh aire á thabhairt ag an *British Association* do na leanaí tríd na scoileanna. Cuireadh deireadh leis an chabhair seo ar an 8ú Iúil (*KEP* 5/07/1848). Faoin am gur tháinig Mí Meán Fómhair bhí 388 duine sa dá Thigh agus bhí 6094 ag brath ar Fhóirithint Phoiblí/*Outdoor Relief*. Bhain £25-0-11 1/2 mar chostas leis an seirbhís sa dá Thigh agus £167-4-6 1/2 leis an Fhóirithint amuigh (*KEP* 7/07/1848).

Faoi dheireadh Mí Dheireadh Fómhair nuair a bhí sé soiléir go raibh an dubh/dúchan ar na prátaí a cuireadh an bhliain sin arís bhí 1100 áitritheoir sa dá Thigh — timpeall 600 an méid is mó a cheapadar a raghadh isteach i dTigh/Stór Gray, timpeall 150 ar a mhéid sa ghrúdlann. Cuireadh a lán ó na doirse ag an am sin chomh maith. Timpeall 4,000 duine a bhí ag fáil fóirithinte amuigh. Nuair a tháinig Mí na Samhna bhí imní ann go raibh calar chun briseadh amach agus d'ordaigh Coimisinéirí Dlí na mBocht fir shláintiúla le beirt leanbh nó níos mó, agus aon bhaintreach le leanbh amháin, a chur amach as Tigh na mBocht agus tacaíocht a thabhairt dóibh ón Fhóirithint lasmuigh. Cuireadh amach 450 duine; 900 a bhí fágtha istigh (*KEP* 25/11/1848, W. O'Brien, "Dingle its Protestantism and Pauperism", *Halliday Pamphlets*, R.I.A., 1852). Thosnaigh an Bord Bardachta ag caint mar gheall ar a thuilleadh foirgneamh a fháil. Is cosúil go mbíodh slua daoine agus iad go hainnis, iad stiúgtha leis an ocras, ag na geataí gach aon lá agus iad ag lorg cead dul isteach nó ag ag lorg fóirithinte. Bhí a lán gearán acu san a raibh rátaí Dhlí na mBocht orthu go raibh an iomad le díol acu agus nach raibh aon chabhair tuillte ag roinnt de na daoine a bhí á lorg. Dúrthas i gcoinne cuid acu go raibh airgead ag teacht chucu óna ngaolta i Meiriceá. Dícháilítí éinne go raibh cúpla pingin acu fiú ó thaobh fóirithinte de. Dúrthas go raibh Máistir Poist an Daingin ag cur scéala go ciúin go dtí na daoine go raibh litreacha tagtha chucu ó Mheiriceá seachas a bheith ag cur na litreacha ó Mheiriceá san fhuinneog mar a dheintí cheana (*KEP* 13/12/1848). Sa tslí sin d'fhéadfadh na hOifigigh Fóirithinte agus na Caomhnóirí iad a fheiscint agus a chinntiú nach bhfaigheadh na daoine sin aon fhóirithint.

Tháinig duine de Choimisinéirí Dhlí na mBocht ag féachaint ar an dá Thigh shealadacha i rith na míosa céanna (Mí na Samhna) agus dúirt sé go raibh sé thar a bheith sásta (*KEP* 19/11/1848). Nuair a tháinig Cigire Dlí na mBocht, Sir

Thomas Ross, tamall ina dhiaidh sin ní raibh sé chomh sásta sin agus dhein sé an Bord Bardachta a cháineadh. Leag sé ina gcoinne nach raibh a mbainistíocht go maith agus nach rabhadar thar a bheith dícheallach (*KEP* 26/12/1848). Bhí fiacha £500 ar an mBord Bardachta ag an bpointe seo (agus iad ar an bhfód ar feadh ocht mí) agus fós ní raibh dóthain fóirithinte á chur ar fáil. Ar an 9ú Nollaig bhailigh slua iascairí áitiúla agus a gclanna taobh amuigh de gheataí Tigh Gray nuair a bhí cruinniú ar siúl ag an mBord agus chuaigh sé dian ar na póilíní iad a choimeád amuigh (*KEP* 13/12/1848). Bhí an dá Thigh lán go doras agus ní raibh aon spás ann chun aon saghas oibre a chur ar fáil. Cheap na comharsain nach raibh an saol istigh chomh holc sin is léir; chímid iad ag gearán i gcuntas ón *KEP* mar gheall ar: "the continual clatter of tongues going on between the paupers and their friends — the latter stand in the street outside and both parties roar at the pitch of their voice. Their language is often filthy and blasphemous" (*KEP* 13/12/1848).

Faoin dtráth seo bhí talamh faighte ar cíos ó Lord Ventry chun Tigh na mBocht buan a thógaint, Tigh a bheadh in ann 1000 a thógaint a bhí i gceist. Ghlac Coimisinéirí Dhlí na mBocht leis an iarratas agus deineadh conradh le tógálaí an foirgneamh a thógaint ar £6,000 (duine ón taobh amuigh a fuair é cé go raibh meastúchán níos ísle faighte ó thógálaí áitiúil, William Collier, a thóg an Tigh Cúirte sa Daingean) (*KEP* 8/07/1848).

I Mí na Nollag 1847 (Black '47) chuaigh Bord Bardachta an Daingin ag lorg Tigh Bocht sealadach; bhí 1304 istigh ann faoi Mí na Samhna 1848, bhí 2034 ann i Mí Bealtaine 1850 agus i Mí an Mheithimh 1851 bhí 4760 istigh ann. Osclaíodh an tOspidéal Fiabhrais/Tigh na mBocht i 1852 agus tríd an bhliain fuair 6068 cabhair ann mar áitritheoirí nó trí bhealaí eile.

I Mí Eanáir 1849 ceapadh Cigire Dhlí na mBocht nua, W. O'Brien, bhí sé ina leas-Chaomhnóir ar Aontas Chathair Saidhbhín go dtí sin (an duine céanna agus a scríobh an paimphléad thuasluaite. Níl Joan Stagles ró-chinnte ach is léir go raibh cur amach maith ar an Daingean ag an scríbhneoir sin). Bhí cúrsaí go dona ag am an, taobh amuigh de na fadhbanna a bhí ag Aontas an Daingin, bhí a lán daoine á ndíshealbhú ag an am chomh maith, cuid mhaith acu ó thailte Lord Ventry (bhí tailte aige i ngach aon pharóiste ar fud iarthar na leithinise). Díshealbhaíodh timpeall 100 clann taobh istigh de choícís de réir cuntais amháin (*Irish Examiner*, luaite ag an *KEP* 20/01/1849). Bhí fadhbanna leis an mBord Bardachta féin; chuaigh sé dian orthu na Caomhnóirí a tharraingt le chéile i gcomhair cruinnithe agus bhí brú millteanach ó thaobh cúrsaí creidimh de sna Tithe agus ag leibhéal an Bhoird.

I Mí Eanáir 1847 bhí 8,000 duine ag fáil cabhrach istigh sna Tithe agus lasmuigh. Bhí imní ann arís mar gheall ar chalar agus d'ordaigh na Coimisinéirí don Bhord gan níos mó ná 550 a bheith acu i dTigh Gray, 150 sa Branch House (an sean-ghrúdlann) agus 80 san Ospidéal Fiabhrais. D'islíodar an huimhreacha go dtí go raibh 773 acu ar fad (*KEP* 20/01/1849). Níor shroich briseadh amach an chalair an ceantar go dtí Mí Bealtaine agus glanadh é arís Mí Iúil (*KEP* 19/05/1849) ach tríd an Earrach go léir bhí ocras millteanach ann, agus dinnireacht agus fiabhras tríd an Aontas go léir agus go háirithe sna Paróistí san Iarthar. Bhí an-bhrú ar an mBord Bardachta a thuilleadh foirgneamh a fháil. Tógadh Monaree House in aice le Ceann Trá ar cíos £300 sa bhliain Mí Márta na bliana sin. Osclaíodh Liscarney House — Tigh Bocht cáiliúil i seanchas agus i mbéaloideas na leithinise — sa Bhaile Dubh Mí Aibreáin (*KEP* 17/03/1849). Bhain an dá Thigh seo leis na huaisle ach is cosúil go raibh drochbhail orthu ag an am. Is cosúil gurb é an Cigire nua ba chúis leis an dá Thigh a bheith faighte agus oscailte gan mórán deacrachtaí. Faoi lár Mí Bealtaine bhí 1900 sna Tithe (*KEP* 19/05/1849) agus bhí 9,000 duine ag fáil fóirithinte lasmuigh. Chuir O'Brien oighinn chun arán a dhéanamh sna Tithe agus cuireadh tús le scéimeanna oibre sna Tithe chomh maith — ar mhaithe le cuid de na costais a ghlanadh ach ar mhaithe leis na háitritheoirí chomh maith (*KEP* 5/05/1849). Fuarthas 30 tuirne Mí Márta, thosnaigh na mná ag sníomh agus ag cardáil agus mar sin de agus cuireadh na fir ag déanamh líonta (*KEP* 25/03/1849, 14/07/1849).

Deineadh bréid, braillíní línéadaigh agus éide de shórtanna eile a chur ar fáil do Thithe na mBocht. Bhí a thuilleadh den sórt seo oibre sna Tithe eile i gCiarraí agus deineadh an gnó a chur chun cinn amach ansin. Is deacair a bheith cinnte de áfach faoi cé chomh fada is a lean na himeachtaí seo ar aghaidh. Dúirt cuairteoir ó Shasana in 1852 go raibh Tigh na mBocht sa Daingean thar a bheith glan agus sláintiúil agus luaitear leis go raibh thart ar 60 cailín ag déanamh bróidnéireachta ag an am. Fógraíodh post mar Oide Bróidnéireachta in 1855; bhí Múinteoir a thug faoi na gnáth-ábhair acu leis ag an am (*TC* 1/10/1852, 15/06/1855).

Tógadh a thuilleadh foirgneamh ag deireadh 1849: Tigh ag an droichead, tigh a bhain leis an Ath. Micheál Ó Dubháin, sagart paróiste an Daingin, a cailleadh leis an bhfiabhras tamaillín roimis sin, tigh eile le Clara Hussey agus tigh le Joseph C. Smith. Sa daonáireamh i 1851 luaitear 13 Tigh na mBocht in Aontas an Daingin, 11 acu i bParóiste an Daingin (ceann acu gan bheith á úsáid ag an am) le 3,630 áitritheoir; Liscarney le 292 áitritheoir agus Monaree le 206 áitritheoir, 4,128 ar fad. Sa Daonáireamh céanna tugtar le fios go raibh cúig Tigh in Aontas Thrá Lí agus 5,199 áitritheoir.

Fuair na hAontais go léir ordú gan leanúint ar aghaidh leis an bhfóirithint lasmuigh ón 4ú Lúnasa amach (1849) ach níor cuireadh deireadh leis sa Daingean go dtí deireadh Mí Feabhra 1850. Tháinig laghdú sna figiúirí ach is deacair bheith cinnte cén fáth.

Fóirithint Lasmuigh in Aontas an Daingin (Eolas ón *KEP*)

1849	Lún 4	8,633
"	M.F. 8	3,851
1850	Ean 5	4,886
"	Ean 12	4,753
"	Fea 9	5,812
"	Fea 16	6,153
"	Már 2	6,276

Uimhreacha na ndaoine ag fáil fóirithinte sna Tithe sna Míonna luatha de 1850 (Eolas ón *KEP*)

Ean 5	1,700
Ean 12	1,781
Fea 2	1,817
Fea 9*	1,813*
Fea 16	1,842
Már 2	1,867
Már 25	2,227

* Is cosúil gur tógadh an cinneadh go raibh na Tithe lán an tseachtain sin agus cuireadh daoine ón ndoras ach d'éirigh cúrsaí níos measa fós agus deineadh a thuilleadh a thógaint isteach ina dhiaidh sin.

Níl aon fhigiúir ar fáil arís go dtí an 7ú Nollaig, nuair a bhí 2,450 áitritheoir agus 14ú Nollaig nuair a bhí 2471 istigh. Ag an bpointe seo bhí Tigh Bocht buan oscailte agus bhí roinnt eile athruithe tar éis tarlúint san Aontas chomh maith.

Cuireadh an Tigh Bocht nua ar fáil do na Caomhnóirí san Aontas i Mí Lúnasa 1850. 1,000 áitritheoir a bhí i gceist don Tigh nua. Fuair an Bord Bardachta deontas £6,000 chun a gcuid fiacha a ghlanadh (*TC* 17/08/1850) ach cé gur díoladh as an bhfoirgneamh nua bhí fiacha orthu fós. Thosnaigh Lord Ventry agus duine nó beirt dá chlann (De Moleyns, Mullins) ag teacht go dtí na cruinnithe den Bhord — bhí sé de cheart acu bheith ann *ex officio* ach níor thaispeánadar mórán suime go dtí sin. Is ó Lord Ventry a tháinig an suíomh don Tigh nua agus é ar cíos ag na Caomhnóirí.

Thóg an Hon. D.R. Moleyns air féin an chathaoir a thógaint go minic ó 1851 amach agus ag cruinniú den Bhord i Mí Feabhra 1851 toghadh Máistir nua do Thigh na mBocht sa Daingean. Bhí fiche caomhnóir tofa i láthair agus seisear a bhí ann *ex officio*. Tugadh an post do John Mason; Protastúnach ab ea é. Bhí dhá bhallóid ann agus toghadh é le 14 vóta ina fhabhar, 11 ina choinne sa dara ceann. Is cosúil gur cheap roinnt daoine gur deineadh an cruinniú a 'chóiriú' agus gur tháinig brú ó Lord Ventry agus óna mhac. Dhein Caitliceach amháin, T. F. McKenna, ball den Bhord, gearán faoi Lord Ventry agus cheistigh sé a cháilíochtaí ó thaobh bheith mar

Phibsboro Bookshop, 342 NCR, Phibsboro,
Dublin 7, Ireland. VAT: IE5093937G
Tel: +353 1 8309828 Fax: +353 1 8601897

Qty	Description	Total
1	AN GORTA MOR	7.60
1	Total:	7.60

Cash   20.00

Change: 12.40

Fri 16/4/04   16:04:26-16:04:38
Clerk:20   Trn1:1/0293314

www.readireland.com
gcb@readireland.ie

bhall den Bhord in aon chor. D'éirigh sé (McKenna) as mar bhall den Bhord ina dhiaidh sin (*TC* 1/02/1851). Is cosúil go raibh imní ar dhaoine gur toghadh Mason ar mhaithe le feachtas iompaithe creidimh a chur i bhfeidhm sa Tigh Bocht nua. Ach níl aon fhianaise ann gur thaobhaigh Mason lena leithéid fad is a bhí sé ann. Cuireadh i gcoinne an Tí i rith an tsamhraidh 1851 go raibh a leithéid ar siúl ach is cosúil gur i gcoinne na cléire Protastúnaí níos mó na éinne eile a díríodh an gearán agus i gcoinne an Mhinistir Chúnta, Rev. S.L. Lewis, go príomha. Mhol sagart paróiste an Daingin, an tAth. Eoghan Ó Súilleabháin (1849-1856), an Máistir céanna cúpla bliain ina dhiaidh sin (*TC* 21/10/1853, 3/08/1855).

Deineadh Bord nua a thoghadh do Aontas an Daingin Mí Márta 1851. Toghadh 20 Caomhnóir (15 i 1848) agus címid daoine á dtoghadh do cheantair nach raibh aon bhall acu i 1848:

Dingle:	T.McKenna, E. Moriarty, Michael Falvey
Kilquane:	J.Moriarty
Kilmalkedar*:	P.Mc Donnell
Marhin*:	Michael Mc Donnell
Dunurlin:	Edward Day Stokes
Dunquin:	Thomas Hussey**
Ventry:	Thomas McKenna**
Minard:	John Moriarty
Kinard*:	James Fitzgerald
Ballincourty:	Patrick Pierce
Inch*:	J.McDonnell
Lack*:	Thomas Foley**
Ballinvoher:	James Moriarty
Camp*:	Hugh Crean
Castle Gregory:	Michael Egan**, M. Shea**
Kilcummin*:	Maurice O'Connor
Clahane*:	John Walsh**
Ballyduff:	John Fitzgerald

(Eolas ó *TC* 29/03/1851)

* Ceantar nár toghadh aon bhall ann i 1848
** Caomhnóirí nua

Nuair a osclaíodh Tigh na mBocht deireann cuntas san *Tralee Chronicle* i rith na míosa céanna go raibh na prátaí timpeall an Daingin: "worse here this year than they ever were" (*TC* 17/08/1850). Bhí an bholgach coitianta go leor faoi Mhí na Nollag den bhliain sin agus bhí 47 in Ospidéal Fiabhrais agus an fiabhras acu. Bhí costas £117- 12- 4 3/4 sa tseachtain do riachtanais na dTithe agus timpeall dhá mhíle áitritheoir i gceist. Bhí cúrsaí níos measa fós Mí Feabhra 1851, 3,822 áitritheoir istigh ar an 15ú Feabhra agus costas £197-0-7d. Faoi dheireadh Mí Feabhra bhí na Tithe go léir lán; an Phríomh-cheann agus ocht dTigh Cúnta a bhí ann faoin dtráth seo (bhí ceann eile, Tigh McCann i Green Street, á dheisiú) (*TC* 1/03/1851, luann an *Griffith Valuation*, 1850, tigh le Henry McCann i Green St. nach raibh á úsáid).

Bhí a thuilleadh spáis fós ag teastáil Mí Márta sin agus dhein na Caomhnóirí plé ar fhoréileamh a dhéanamh ar an Stór arbhair nua a bhain le Thomas Kavanagh (*TC* 29/03/1851). Is cosúil gur deineadh foréileamh ar gach aon Stór arbhair i dTrá Lí nach mór mar Thigh Bocht Cúnta an t-earrach roimhe sin agus bhí sé ag dul dian ar na húinéirí iad a fháil ar ais ón mBord Bardachta ansin ach ní raibh an brú céanna ann sa Daingean.

Thit na huimhreacha sna Tithe Mí Aibreáin ach d'éirigh cúrsaí níos measa arís Mí Bealtaine agus cuireadh an tAontas faoi bhrú arís. Mí olc ab ea Bealtaine de gnáth agus obair an earraigh críochnaithe. Dhein na Caomhnóirí cinneadh gan a thuilleadh Tithe Cúnta a lorg ar cíos ach tabhairt faoi sheideanna codlata a thógaint.

Tríd na blianta seo den Drochshaol bhí a lán daoine ag dul ar imirce ón Leithinis. Formhór acu sin, ní daoine iad a bhí ar an trá fholamh ach daoine go raibh acmhainn éigin acu, feirmeoirí beaga agus a gclann, daoine a bhí an-thábhachtach ó thaobh eacnamaíocht na tíre de. Tagann a lán cuntas anuas chugainn mar gheall ar thalamh nach raibh aon obair á dhéanamh air agus talamh a bhí ag imeacht chun donais — agus gorta, fiabhras agus imirce mar chúiseanna air seo. I Mí Meán Fómhair, 1850, fuair Caomhnóirí Aontas Thrá Lí deontas chun cabhrú le daoine bochta ó Thigh na mBocht dul ar imirce

(*TC* 21/09/1850). Chuir Ciste an Stáit deontas £2,000 ar fáil do Bhord an Daingin chun tabhairt faoin rud céanna i 1851 agus na caomhnóirí tar éis cur isteach air (*TC* 3/05/1851). Cuireadh 337 duine bocht, idir fhir is mhná, go Quebec i rith an tsamhraidh sin (*TC* 7/06/1851, 15/11/1851, luann na páipéirí 360 ach níor tháinig Joan Stagles ar níos mó ná 337). D'fhág 116 duine agus iad "well-dressed and comfortably fitted-out" de réir thuairisc Thigh na mBocht sa Daingean ar an 13ú Meitheamh, 1851 agus d'fhágadar Cathair Uí Mhóráin ar an 19ú lá ar an barque "Hurron". D'fhág 221 an Daingean ar an 25ú lá agus iad ag triall ar Chorcaigh. Tugadh dhá chloch aráin agus dhá chloch iasc triomaithe do gach duine chun cur leis an méid a gheobhaidís ar bord loinge (leagadh síos 7 bpunt meáchain bia sa tseachtain do gach duine faoi Acht an Phaisinéara, 1842). Tugadh leapacha, éidí leapacha, uirlisí cócaireachta agus mar sin de, dóibh chomh maith agús gealladh dóibh go dtabharfaí £1 dóibh nuair a shroichidís a gceann scríbe (*TC* 28/06/1851). Níl aon fhianaise againn gur leanadh ar aghaidh leis an gcúram seo ina dhiaidh sin cé go raibh éileamh air is cosúil. Dhein a lán daoine iarracht dul isteach i dTigh na mBocht i Mí Aibreáin, 1852, an-chuid ban ina measc, agus iad den tuairim go bhfaighidís cabhair chun an bád a thógaint (*TC* 8/05/1852).

Níor chabhraigh an méid a thóg an bád mórán le huimhreacha i dTithe na mBocht, bhí 4,761 áitritheoir istigh sa tseachtain a chríochnaigh ar an 15ú Meitheamh 1851 (ach ní féidir bheith cinnte an bhfuil na himircigh luaite sna figiúir sin). Deineadh plé mar gheall ar fhóirithint lasmuigh a thosnú arís ach beartaíodh gan tabhairt faoi arís go fóill (*TC* 12/07/1851). Is ag an bpointe seo a bheartaíodh ar na seideanna codlata thuasluaite a thógaint i gcomhair 500 duine. Cuireadh tús leis an togra ach is cosúil nár críochnaíodh iad riamh. Ní rabhadar ullamh Mí Feabhra 1852 nó Mí Bealtaine ach an oiread cé gur tugadh fúthu bliain roimhe sin (*TC* 3/05/1851, 14/02/1852, 8/05/1852; chuir na Caomhnóirí an-bhrú ach fós ní rabhadar ullamh faoin dtráth sin). Is cosúil gur fadhbanna airgid ba chúis leis an moill, bhí fiacha £4,000 ar an Aontas faoin dtráth sin agus is cosúil go raibh leisce ar na bainc na seiceanna a bhí á dtabhairt do na conraitheoirí a bhriseadh go dtí go mbeadh an chéad bhailiúchán eile de Dhlí na mBocht déanta. Cé go raibh an-bhrú ó thaobh spáis de bhí ar na caomhnóirí sé cinn de na Tithe a dhúnadh de bharr easpa airgid — Liscarney, Monaree, Tigh McCann, Muileann McKenna, an sean-ghrúdlann agus an Tigh sa Mhall. Scaoileadar leis an séiplíneach Protasúnach chomh maith (tuarastal £20 aige sa bhliain agus gan aon Phrotastúnaigh mar áitritheoirí!). Scaoileadh leis an séiplíneach Caitliceach a bhí ag Liscarney agus le duine de na hOifigigh Leighis. Bhí costais arda ag baint leis na Tithe Cúnta; bhí ar na caomhnóirí treallamh agus foireann a chur ar fáil do gach aon cheann agus chuaigh sé dian orthu aire cheart a thabhairt do na seanfhoirgnimh go raibh na Tithe lonnaithe iontu, rud a bhí ansoiléir i gcás na gceann a bhí tamall taobh amuigh den Daingean féin, Liscarney agus Monaree (TC 1/05/1852). Bhí fonn ar an mBord na seideanna codlata a chríochnú ionas nach mbeadh an brú céanna orthu leis na foirgnimh eile; ní raibh aon fhonn orthu Liscarney a athoscailt mar shampla. Bhí an Tigh seo ocht míle déag ón nDaingean agus is cosúil gur osclaíodh é i dtús báire chun freastal ar an Leitriúch. Is cosúil leis, áfach, gur bhain na caomhnóirí úsáid as na Tithe chun grúpaí faoi leith de na áitritheoirí a choimeád le chéile — daoine críonna, leanaí, fir, mná agus mar sin de. Baineadh úsáid as Monaree mar shampla, ar feadh tamaill ar a laghad, do chailíní agus mná óga ó gach aon cheantar san Aontas agus is cosúil gur baineadh úsáid as Liscarney do leanaí (buachaillí?) níos óige ná 15 bliana (táimid ag brath anseo ar fhianaise a thug beirt a bhí istigh ann i 1851 ina dhiaidh sin. Sa daonáireamh a tógadh i 1851 deirtear go raibh 284 de chineál fireann agus 8 de chineál baineann i Liscarney agus go raibh 81 de chineál fireann agus 125 de chineál baineann i Monaree). Tugtar le fios chomh maith gur baineadh úsáid as Liscarney mar Thigh promhaidh. Cé gur cuireadh i leith Liscarney go mbíodh an saol go hainnis ann deireann Cigire Dhlí na mBocht i dtuairisc amháin i 1851:

> I know of no horrors at Liscarney unless its isolated position may be so esteemed, which prevents the inmates from often seeing their friends and from getting tobacco and other articles. It is a most healthy and well-managed place (TC 12/07/1851).

Fós tógann Liscarney áit faoi leith i mbéaloideas an Drochshaoil. Is féidir fothraigh na Tí a fheiscint fós ar an gcnoc tamaillín ón mBóthar idir Baile Dubh agus cros-bhóthar na Cille Móire. Bhí a sheideanna fiabhrais féin ag Liscarney; baineann cuid den uafás a bhain leis an áit i gcuimhne na ndaoine leis na seideanna seo is cosúil.

Bhí fadhbanna leis na Tithe Cúnta sa Daingean a bhí dúnta ag an bpointe seo chomh maith is cosúil. Cuireadh i leith John Lynch, siopadóir, gur dhein sé daoine a spreagadh chun na coirí a bhí sa sean-ghrúdlann a bhriseadh suas agus iad a thabhairt chuige féin. Cuireadh luach £200 ar na coirí céanna (TC 13/03/1852); is cosúil go raibh na coirí seo mór a ndóthain, tagann cuntas anuas chugainn mar gheall ar bhean a thit isteach i gceann acu agus an leite á dhéanamh agus a scalladh chun báis, TC 11/03/1853).

Bhí an-bhrú airgid ar an Aontas fós agus d'iarr na caomhnóirí ar an gCoimisiún Dhlí na mBocht agus Ciste an stáit teacht i gcabhair orthu arís is arís eile. Cuireadh deontas ar fáil ach cuireadh brú orthu chomh maith níos mó a bhailiú go háitiúil agus an tAontas a chur ar an mbonn ceart ó thaobh a riachtanas de (TC 22/10/1852). Bhí tuarastal á íoc leis na hoifigigh sna Tithe a bhí níos ísle ná an tuarastal in an-chuid Aontas eile ach deineadh é a ísliú arís i gcás cuid acu.

Cuireadh i leith roinnt de na caomhnóirí go rabhadar ag fáil seirbhísí faoi leith ó na hoifigigh chéanna. Cuireadh i leith roinnt de bhaill an Bhoird ón Leitriúch go raibh ordaithe á dtabhairt acu do na hoifigigh leighis teacht chucu féin agus cógas a chur ar fáil dóibh féin agus dá muintir saor in aisce (TC 29/10/1852). Deineadh iad a cháineadh ach níor cuireadh isteach orthu a thuilleadh. Sa bhliain 1851 tógadh ceathrar áitritheoir déag i dTigh Chúnta Uí Dhubháin os comhair na cúirte a bhí tar éis bréid a cuireadh ar fáil dóibh a ghearradh agus a úsáid dóibh féin. Fuair an ceathrar ban déag seo mí sa phríosún agus daorobair ag dul leis (TC 10/05/1851).

Bhí an chuid is measa den ghorta thart faoin am gur tháinig 1853 agus bhí sé seo le feiscint go soiléir i dTithe na mBocht. Ar an 26ú Feabhra 1853 bhí 2187 áitritheoir sna Tithe san Aontas; bhí 727 istigh ar an 1ú Deireadh Fómhair (TC 4/03/1853, 21/10/1853).

Na hUimhreacha I dTithe na mBocht, Aontas an Daingin, 1848-1858 (Stagles)

	Méid is mó	Méid is lú	
1848	1300+ (Samh)	280 (Iúil)	4000-7000 ar fhóirithint lasmuigh
1849	1900 (Bealt)	709 (Ean)	8000-10000 ar fhóirithint lasmuigh

Osclaíodh an Tigh Bocht nua, Lúnasa 1850; figiúirí do 10 seachtain ar fáil

1850	2471 (Noll)	1700 (Ean)	
1851	4848 (Iúil)	1652 (Noll)	Dúnadh 3 Thigh Cúnta, Iúil-D.F.
1852	3227 (Bealt)	1125 (D.F.)	
1853	2187 (Fea)	721 (D.F.)	Níl mórán figiúr ar fáil
1854	1538 (Bealt)	557 (D.F.)	
1855	1013 (Aibr)	438 (D.F.)	
1856	730 (Fea)	314 (M.F.)	
1857	483 (Ean)	232 (M.F.)	
1858	379 (Ean)	209 (D.F.)	Figiúir in easnamh Fea-Aibr, Noll.

Bhí fiacha móra ar an Aontas fós áfach, fiacha a chuaigh siar tamall maith cuid acu. Bhí sé ag dul dian orthu Rátaí Dhlí na mBocht a bhailiú chomh maith agus is cosúil gur cuireadh brú faoi leith ar na bailitheoirí — tugadh fúthu, goideadh airgead uathu ar an mbóthar agus deineadh a dtithe a chur trí thine fiú i roinnt cásanna (cf. cuntais sa TC 30/10/1847 (fogha), KEP 12/05/1849 (tigh curtha trí thine), TC 26/07/1851 (gadaíocht). Ní raibh gach aon bhailitheoir chomh mácánta sin ach an oiread. Deineann Joan Stagles amach gur bhain luach

£21,000 sa bhliain ó thaobh rátaí de le hAontas an Daingin, Aontas a bhí bocht go leor. Deireann William O'Brien i gceann de na litreacha a sheol sé chuig an *Freeman's Journal* gur £21,428 an luach Dhlí na mBocht a cuireadh ar an Aontas (Letter IV,1851). Tagann meastúchán amháin anuas chugainn do 1852/3 nuair a measadh gur ceart 15/- sa £. a thógaint chun costais na bliana agus fiacha reatha a ghlanadh (*TC* 24/04/1852). Chuir na rátaí brú faoi leith ar na feirmeoirí beaga agus díshealbhaíodh cuid acu toisc nach rabhadar in ann tabhairt faoi iad a dhíol; thángadar féin isteach i gcóras Thigh na mBocht dá bharr. Bhí ar chuid eile acu an bád a thógaint. Deireann O'Brien sa litir sin thuasluaite:

> When the poor rate collector (who is in every other respect very popular) goes to the Blasquet (*sic*) Islands, to collect rates, he has to take with him in a hooker a body of eighteen armed police, with a supply of provisions. One of the constabulary who was employed on these excursions, and who travelled on the car with me from Tralee to Dingle, told me that when they arrived at the islands in the boat, the people used to gather on a cliff overhanging them, and threaten to heave down boulder stones or masses of rock and sink the boat if they persisted in coming to look for poor rates there; and he added, that he believed only that they had a personal regard for the collector (I think it was Mr. Hickson he called him), they would have done so. He also stated that the sum they realised was not worth the trouble and expense of collecting it (Letter IV, lgh 29,30, "Dingle: Its Pauperism and Proselytism").

San Aontas, agus i ngach Aontas is dócha bhí coimhlint ann i gcónaí idir trua/carthanacht agus cúrsaí eacnamaíochta. Níor cheap roinnt de na daoine go raibh aon dualgas orthu cabhrú leis na daoine bochta; bhí an tuairim ann gur lámh Dé a bhí i gceist leis an nGorta fiú agus nár cheart cur isteach air seo.

Bhí cuma níos fearr ar an scéal sa dúiche ó 1852 amach. Cítear fógraíocht sna nuachtáin mar gheall ar chúrsaí turasóireachta agus lóistín mar shampla. Críochnaíodh an cé sa Daingean i 1852 agus chuaigh cúrsaí trádála i bhfeabhas. Thosnaigh galtán beag (steamer), an *South-Western*, ag taisteal idir Corcaigh, Cathair Saidhbín agus an Daingean. Bhí ceadúnais tithe tábhairne á lorg níos minicí agus a thuilleadh daoine á dtarraingt os comhair na cúirte de bharr bheith ar meisce — comhartha maith go raibh airgead acu!

Fuair Dún Chaoin agus Ceann Trá a gcéad Tithe Tábhairne le ceadúnas in 1855 cé gur chuir an chléir — Phrotastúnach — go mór ina choinne. Ach fós bhí na daoine bochta bocht i gcónaí, iad siúd a tháinig beo tríd an duainéis agus nár thóg an bád. Tháinig an dúchan arís ar na prátaí ina dhiaidh sin agus tháinig sé go háitiúil i gceantair áirithe ach bhí an chuid is measa den Ghorta Mór imithe. Níor chuir sé sin deireadh le Tigh na mBocht ach caithfear na caibidlí eile den scéal sin a phlé in altanna agus i léachtaí eile amach anseo.

An tAthair Tomás Ó Caoimh

Learpholl agus an Gorta Mór

Ian McKeane, Institiúid an Léinn Ghaelaigh, Learpholl L69 3BX

[Tá coiste Cuimhneacháin an Ghorta Móir — faoin ainm Gaeilge seo le leagan Béarla a bhíonn i gcló níos lú de ghnáth — ag saothrú go dian i Learpholl faoin Rúnaí Ian McKeane. Foilsíonn siad *Nuacht,* nuachtlitir; tá *Nuacht 2,* Meitheamh 1997 faoi mo láimh agus cur síos ann ar a n-imeachtaí. Tá plaiceanna á gcur suas acu ar láithreacha reiligí an Ghorta agus na mBochtán. Tá siad ag réiteach do leacht mór i gcuimhne an Ghorta agus bhíothas ag súil leis go ndéanfadh an tUachtarán Máire Mhic Róibín é a nochtadh. D'fhoilsíodar leis, i bhfoirm iriseáin sé leathanach déag, aiste bhreá leis an Rúnaí. Tugaim anseo leagan Gaeilge de lgh 5-15 di sin; táim buíoch ar son cead a fháil sin a chur i gcló. *Pádraig Ó Fiannachta*]

Sruthán an Ocrais

I dtreo deireadh na bliana 1846 agus i dtús 1847 a bhraith Learpholl déine bhuille an Ghorta. Dúirt *The Times* 5-7-1847:

> ***Destitution in Liverpool:*** *The parish offices in Fenwick Street have for several weeks presented an extraordinary scene of confusion, owing to the immense number of applicants for relief, but yesterday the appeals were more numerous than ever. The street was quite impassible. No fewer than 1,500 families, representing on average three persons, were yesterday relieved of whom probably three fourths were Irish.*

Bhí an chathair lán de lucht taistil; bhí na bochtáin gan airgead gan an neart iontu leanúint orthu agus ba mhór an fhadhb iad do na húdaráis. Teach an mBocht — bhí sin mar a bhfuil an ArdEaglais Chaitliceach inniu — bhí slí ann do timpeall 3,000 ach bhí sé lán agus bhí cúnamh seachtrach á thabhairt dá lán daoine. Tuairiscíodh gur tugadh cúnamh (125gr. aráin agus líotar anraithe) do 370,359 duine in Eanáir 1847. Tugadh faoi deara go tapa áfach gurb é an coibhneas leanaí le mná ag lorg cúnaimh ná 3 : 1, ach gurb é an coibhneas i measc na mbochtán ná 0.66 : 1; ina theannta sin nár éiligh 1867 as an 7403 den mhuintir a tháinig sa tréimhse sin aon chúnamh. Ba léir go raibh na Gaeil thall ag fáil leanaí ar iasacht d'fhonn cúnamh a fháil. B'é freagra a tugadh ar an bhfadhb ná an cúnamh a riar níos éifeachtaí in áit é a chur ar ceal ná a laghdú. Ceapadh póilíní mar oifigigh fóirithinte agus údarás acu iarratais fóirithinte a scrúdú; bhí de thoradh ar sin gur thit líon na n-iarratas go tobann go dtí timpeall 5,000 sa ló.

Laghdaigh an costas ar na rátaí agus fuair na húdaráis pictiúr soiléir de choinníollacha maireachtála na ndaoine de bharr cuairteanna na n-oifigeach fóirithinte. Faoi Mhárta 1847 bhí beirt de na póilíní a bhí ag obair mar oifigigh fóirithinte marbh agus triúr de na hOifigigh Pharóiste. Tugadh aird ar na háiteanna ina raibh bagairt ar shláinte agus rinneadh socruithe le heagla go mbeadh aicíd fhorleata ann. Thug an Dr. Duncan rabhadh faoi bhaol tíofais, agus ní raibh ach an focal as a bhéal nuair a bhuail an galar go forleata. Bhí an fiabhras ar fud na cathrach i samhradh na bliana 1847. Cac na ndreancaidí san aer féin agus ina luí ar éadach daoine a scaipeann an tíofas agus is cuma leis uasal nó íseal. Tógadh seideanna fiabhrais idir Canning Place agus Wapping agus in aice le Teach na mBocht chun na hothair a choimeád ar leithrigh. Chuir an rialtas dhá long ó Chumraí Theas ar fáil agus cuireadh ar ancaire iad mar ionaid choraintín san abhainn. Baineadh feidhm go sealadach as tithe móra stórais chomh maith.

Fiú sular foilsíodh an litir ón Sciobairín sa *Times* is maith a bhí a fhios ag muintir Learphoill cad a bhí ag titim amach in Éirinn mar go raibh an oiread sin de bhochtáin ocracha ag teacht isteach ag na duganna. Sa cheathrú dheireanach de 1846 tuairiscíodh 340 bás i bparóiste N. Tomás sna duganna, agus méadú mór ab ea é sin ar uimhir na ama chéanna an bhliain roimhe sin. Ag tagairt dó sin dúirt an *Liverpool Journal*:

> *A considerable portion of the increase arises from the great influx of poor people from Ireland, most of whom are quite*

destitute when they arrive. Some have been here only a few weeks, others a few days in the town previous to their deaths.

Is beag an chabhair cuntais ghinearálta chun tuiscint a fháil ar a gcinniúint nuair a bhain siad Sasana amach, ach mar sin féin chuaigh a ndála i bhfeidhm ar dhearcadh na n-imirceach ó Éirinn ar feadh na nglúinte. An bhochtaine nó galair a chin ón mbochtaine faoi deara formhór na mbás, agus b'iad na leanaí cíche is mó ar ar luigh siad. D'ainneoin na mílte a fháil bás den tíofas is é bás duine leis na ocras is túisce a spreagfadh iniúchadh. Tuairiscíodh 22 cás de bhás le gorta. B'iad sin, aisteach go leor, is mó a bhain creathadh as lucht léite na bpáipéar an uair úd. Mí-ádh, ar ndóigh, ab ea é bás a fháil le fiabhras, ach bás a fháil le gorta, ní bheadh glacadh lena leithéid, agus ba mhasla é ar an mbaile. Sin é an fáth a bhfuil tuairisc chomh mion sin ar na cásanna seo a leanas.

Cailleadh Sarah Burns, Éireannach le seachtar clainne, 23ú Nollaig 1846, agus í ag gearán faoi thinneasaí ina ceann agus ina hucht. Sa choiste cróinéara taispeáineadh nár ith sí ón Domhnach go dtí a bás ar an Máirt ach giota aráin. Thug an cróinéir agus an giúiré turas ar an siléar mar ar chónaigh sí féin agus a clann; thuairiscigh an cróinéir go bacach go raibh sé go hainnis:

A person could not stand upright in it, the floor was composed of mud; and in that hovel there were seventeen human beings crowded together without even so much as a bit of straw to lie down on. We felt convinced that if they were allowed to remain in their present condition there would be two or three deaths before many days.

Ar dhéircínteacht a mhair Sarah Burns agus a clann agus ba é breith an choiste: *Died from disease of the lungs accelerated by want of the common necessities of life.* Trí lá ina dhiaidh sin fuair póilín Martin Finnegan ar lár ar an tsráid gan aithne gan urlabhra. Tugadh ar ais é go dtí an siléir i Lace Sreet inar mhair sé. Tuí ar phluda, gan chlúdach ar bith ab ea a leaba; cailleadh an oíche sin é. Ba é toradh a scrúdú tar éis báis: *Death from diseases of the lungs combined with want of sufficient food*. Bhí Finnegan a bhean agus a thriúr clainne ag maireachtáil ar an déirc. I gcás eile den sórt sin fuair póilín fear ag fáil bháis ar an gcasán. Fuair sé bás in ospidéal agus ba é toradh a scrúdú iarbháis: *Death from starvation*. Bhí an scrúdú iarbháis ar an 26ú Eanáir 1847; luaigh an cróinéir gurb é an seachtú cás den sórt sin é laistigh de chúpla seachtain agus dúirt go raibh eagla air go raibh a lán eile i mbéal báis le gorta.

Bhí cónaí ar Mary Meganey i Vauxhall Road, an bóthar a ghabh trí lár an áit lonnaithe Gael ba mheasa clú. Fuarthas marbh ina leaba í agus ag an gcoiste cróinéara taispeánadh nach raibh aici le trí lá ach cupán tae. Breith an scrúdú iarbháis ab ea *Death from starvation*. Chuir cás Luke Brothers imní ar leith ar léitheoirí meánaicmeacha na bpáipéar. Bhí clann bhocht Brothers ar an ngannchuid ar fad ó bhain siad amach Learpholl agus bhí siad tinn an t-am go léir. Cheadaigh an paróiste trí scilling sa tseachtain dóibh; dúradh gur choimeád an chomharsa a chuaigh ag triall ar an liúntas scilling sa tseachtain ó na hainniseoirí. Nuair a cheadaigh an tsláinte sin dóibh, théadh na leanaí amach ag lorg déirce, ach ar an 8ú Bealtaine 1847 fuair Luke Brothers bás agus dúirt an scrúdú iarbháis nach raibh *the least particle of food in the stomach*. Bhí cúigear eile, agus tíofas orthu go léir, ar an úrlár cré i Banestre Street mar a bhfuair Luke bás. Fógraíodh ag cruinniú poiblí 12ú Bealtaine gur cuireadh coiste cróinéara ar bheirt leanbh a fuair bás de ghorta, agus dúradh gur fhág a dtuismitheoirí lasmuigh de dhoras Theach na mBocht iad agus iad chomh tinn sin nach raibh ach an bás i ndán dóibh (F. Neal, *Sectarian Violence: The Liverpool Experience 1819-1914*, Manchester 1986, lgh 83-85).

Cuireadh Luke Brothers i reilig St. Mary's. Tá sé cláraithe faoi dhó mar go ndearnadh é a thógáil aníos arís don scrúdú iarbháis.

An Chléir le linn an Ghorta

Bhí an chléir Chaitliceach agus na Neamhaontaigh ag saothrú gan staonadh ag fiosrú na n-easlán agus ag déanamh a ndíchill dóibh. Fuair Rev. John Johns den Mhisean Baile bás agus d'fhág seisear clainne ina dhiaidh. B'iad an chléir Chaitliceach is mó áfach a bhí faoi strus; ní raibh sé ceadaithe dóibh freastal ag adhlacadh agus dá bhrí sin ba mhóide a ndíograis ag taobh an othair i mbéal báis. Fuair deichniúr sagart bás den tíofas idir 2ú Márta agus 19ú Meán Fómhair 1847. Tá leacht cuimhneacháin dóibh lasmuigh de St. Patrick's Church in Park Place. Mar seo a ghabhann an inscríbhinn:

*In memory of the Liverpool
Priests who in attending
the sick caught typhus fever and died in 1847*

*Rev. Peter Nightingale St. Antony's 2/3/1847
Rev. William Parker St. Patrick's 27/4/1847
Rev. Thomas Kelly St. Joseph's 1/5/1847
Rev. James Appleton St. Peter's 26/5/1847
Rev. John Austin Gilbert St. Mary's 31/5/1847
Rev. Richard Grayson St. Patrick's 16/6/1847
Rev. James Hagger St. Patrick's 23/6/1847
Rev. William Vincent Dale St. Mary's 26/6/1847
Rev. Robert Gillow St. Nicholas' 22/8/1847
Rev. John Fielding Whitaker St. Joseph's 18/9/1847*

The Good Shepherd giveth his life for his sheep

Bhí ceathrar sagart ag an bpríomheaglais Chaitliceach, St. Nicholas', a bhí ina Leas-Ardeaglais ina dhiaidh sin: Rev. Dr. T. Young, Fr. Robert Gillow, Fr. George Gillow, agus Fr. John Walmsley. Bhí Dr. Young 57 bliana agus an chuid eile níb óige. Bhuail an tíofas an comhluadar; fuair bean tí Dr. Young, Catherine Appleby (35) bás 2ú Bealtaine agus chuir Dr. Young í 4ú Bealtaine i St. Nicholas'. Níorbh aon ionadh go

Dated at Liverpool 18/7/82."

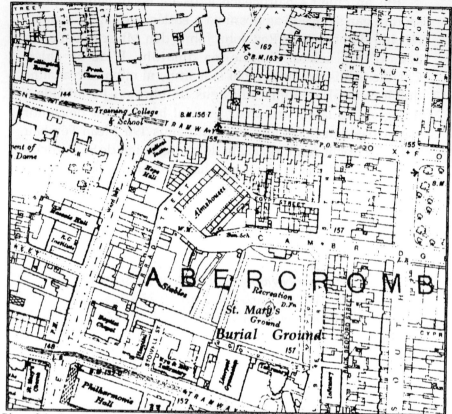

Plan of the location of St Mary's Burial Ground (from the 1904 OS map of Liverpool)

bhfaigheadh an bhean tí bhocht bás mar nach foláir gur bhain si le héadach an tsagairt ar a mbeadh an frídín agus gur dócha go mbíodh sí féin leis ag fiosrú na n-easlán. Ní raibh Fr. Robert Gillow ar fónamh agus a shochraid dheireanach á reachtáil aige 18ú Bealtaine 1847, agus John Horrocks á chur aige — leanbh nach raibh ach dhá mhí agus fiche. Bhí an sagart féin marbh faoi chionn cheithre lá; an tíofas a sciob é agus chuir a chomhghleacaí é 1ú Meán Fómhair.

Tháinig Fr. James Nugent ó The English Martyrs in Preston in Eanáir 1849 in áit Fr. Gillow. Bhain sé féin agus

Anglacánach, Canon Major Lester, cáil amach dóibh féin toisc a saothair ar son leanaí bochta i Learpholl Thuaidh. Cuireadh suas dealbha ina n-onóir araon agus tá siad le feiceáil i ngairdíní St. John's i lár na cathrach inniu.

Mo léan! cailleadh Dr. Young in 1848 in aois 58 agus chuir a easpag é 23ú Meitheamh 1848. Bhí an tíofas thart, ach chaith foireann St. Nicholas' an chéad duine a fuair bás den chalar a chur 16ú Iúil 1849.

Freagra Learphoill

Leanadh leis an bhfóirithint agus cuireadh cúram leighis ar fáil. Ba gheall le Roinn Leasa Shóisialta é an Select Vestry an uair úd agus bhíodar ag cur brú ar an rialtas cabhair a thabhairt mar bhí sé ag dul an-dian ar úinéirithe tí na rátaí a dhíol; bhí siadsan éirithe anois go dtí 4s 1d (20p) sa phunt; b'ionann agus pá seachtaine an méid sin. Caitheadh £67,000 in 1847 ag fóirithint ar na boicht, agus £117,000 an bhliain dár gcionn. D'aimsigh Coiste Sláinte an Dr. Duncan 5,841 siléar ina raibh daoine ina gcónaí agus uisce stálaithe thíos faoin úrlár iontu; rinneadh iarracht dháiríre, dá mhí-éifeachtaí í, deireadh a chur le plódú na mbochtán sa chathair. Díbríodh timpeall 5,000 duine as na tithe ba mheasa; reachtáladh dlithe trína bhféadfaí Gaeil bhochta a chur ar ais chun a bPoor Law Union féin, cé gur bheag an chabhair é sin ar deireadh thiar. Ó na figiúir a thugann Kinealy (*The Great Calamity*, BÁC 1994, lch 336) cuireadh timpeall 6,500 ar ais gach bliain ar an meán, ach deir Neal go mb'fhéidir gur fhill a lán acu ar ais arís.

Cailleadh 17,280 duine i bparóiste Learpholl in 1847 (21,129 sa toghlach). Bhí an ráta báis seo 100% níos airde ná meán na mblianta díreach roimhe sin. Tíofas ba thrúig bháis do 5,239 duine sa pharóiste, buinneach do 2,239; b'in 7,475 ar fad nó 43% d'iomlán na mbásanna ar fad. De na básanna a gcuirtear an aicíd fhorleata síos mar chúis leo, tharla 3,785, 51% díobh, sna bardaí mar ar líonmhaire iad na Gaeil — Vauxhall, Scotland, agus Exchange. Seachas an dream a fuair bás, thuairimigh Duncan gur fhág an galar deasca ar timpeall 100,000 duine, agus gur fhág an tíofas amháin, dar leis, 1,200 baintreach agus 4,000 dílleachta. Chaith sé súil ar an mbliain ar fad agus dúirt:

> During that calamitous season we had to deplore the loss of many respectable and useful citizens. Among them may be enumerated the Roman Catholic clergymen, a Missionary minister to the poor, ten medical practitioners, a number of relieving officers and others whose duties brought them into contact with Irish paupers and many hundreds of English residents in comfortable circumstances, most of whom might have been alive had Liverpool not been converted for a while into 'a City of Plague' by the immigrant Irish who inundated the lower districts (Neal lch 94).

Is féidir tuairim a fháil de cé mar a bhí údaráis Learpoill suaite ag an gcor sa saol ó na scéimeanna a mhol an Select Vestry mar réiteach. Mhol cuid de na dochtúirí ospidéal fiabhrais nua do 5,000 othar a thógáil lasmuigh den bhaile. Mhol duine eile Hilbre Island, oileáinín fiáin sceirdiúil ar an Dee, a bheith mar ospidéal leithlise. D'fhiafraigh Austin, coimisinéir Dhlí na mBocht, arbh fhéidir ospidéal a dhéanamh de na scoileanna tionscail (nó dílleachtlanna) in Kirkdale mar go raibh Bord Bardachta Mhanchúin sásta leanaí a ghlacadh ina scoileanna in Swinton.

B'í 1847 bliain an tíofais; b'í 1848 bliain na déircínteachta agus an ghorta. Fuair a lán den lucht déirce bás den fhuacht agus den ghorta anuas air. Is beag iarracht a rinneadh ar iad a ghabháil mar ba ghnáth leanaí a bheith leo agus dá ngabhfaí an tuiste níor mhór na leanaí a chur i dTeach na mBocht agus bhí sin lán cibé scéal é. B'í an bhliain ina dhiaidh sin, 1849, bliain an chalair, rud a tháinig don chathair trí thaisme ó Dumfries. Ba shampla é de aicíd fhorleathadúil na hEorpa agus leath sé mar loscadh sléibhe. Cailleadh 5,000 duine den chalar an bhliain sin. Níorbh iad muintir na gceantar bocht amháin a cailleadh, mar tharla 10% de bhásanna na tíre ar fad i Learpholl, cé nach raibh ann ach 2% den daonra.

Faoin mbliain 1850 bhí an chuid is measa den ghéarchéim thart, cé gur chodán maith mór fós den daonra iad na bochtáin. Seachas an méadú mór a chuaigh ar líon na mbochtán, bhí torthaí fónta chomh maith le drochthorthaí sa ghearrthéarma de bharr ar tharla. Bunaíodh traidisiún éifeachtach cúram sláinte agus leasa shóisialaigh do na saoránaigh uile; ba mhór mar a chabhraigh clanna saibhre mar na Rathbones a bhunaigh níolanna poiblí agus banaltraí dúiche, agus daoine aonair mar an giúistís fostaithe Rushton, an Dr. Duncan MOH, agus Agnes Jones ó Chúige Uladh a rinne ceansú ar Teach na mBocht. Ach a mhalairt sin a rinne daoine eile. Chuir dhá lóiste Oráisteach a bhí bunaithe in Gilbert St. dlús le frithGhaelachas agus preas na dTóraithe ag séideadh fúthu. Dúirt *The Times* an 26ú Iúil 1848 ina eagarfhocal:

> *We do not hesitate to say that every hard-working man in this country carries a whole Irish family on his back.*

Lean seicteachas géar ar feadh céad bliain ina dhiaidh sin. Threisigh an nós Gaeil (Caitlicigh den chuid is mó) a fhostú ar phá íseal an seicteachas seo mar gur fhág sé an fhostaíocht fánach míshocair. D'fhorbair an seicteachas i Learpholl mar a rinne i mBéal Feirste mar chosaint ghrúpa i measc oibrithe a bhí i bhfad gan córas raidiceach ceardchumannach. Ba lasmuigh a bhí na ceardchumainn a d'fhás i Learpholl á n-eagrú agus bhí na fostaithe aon uaire ag brath ar oifigigh lánaimsire chun cúinsí gníomhaíocht raidiceach a chinneadh. Rinne an atógáil tithíochta tar éis an chogaidh sna caogaidí an seicteachas a choilleadh, ach chabhraigh na ceardchumainn leis sin i dtreo nach gné dhaingean i saol na cathrach é an seicteachas a thuilleadh, mar sin féin is cuimhin le daoine é.

Thug Gerard Manley Hopkins faoi deara agus é ina shagart in St. Francis Xavier i Learpholl gur lean fuath don tír nua inar mhair siad i gcroí a lán de na himircigh go Learpholl sna daicheadaí den aois seo caite, murab ionann agus iad siúd a chuaigh go Glaschú.

Reiligí

Mhéadaigh an inimirce daonra Caitliceach an toghlaigh go mór cé go raibh roinnt mhaith Caitliceach dúchasach ann a bhí tagtha ó Lancashire féin a bhí i gcónaí Caitliceach den chuid is mó. Toisc na bPéindlithe ní raibh aon séipéil Chaitliceacha sa toghlach go dtí na 1740í nuair soláthraíodh séipéal i stóras in Edmund Street. Dódh é sin i gcíréib in 1746 ach d'atóg na hÍosánaigh é ar shlí nach bhféadfaí é a fheiceáil ón tsráid. Faoi bhlian an Ghorta bhí líon maith séipéal sa toghlach.

Is beag reilig Chaitliceach a bhí ar fáil áfach. Dealraíonn sé go mbíodh bochtáin Chaitliceacha agus Neamhaontacha á gcur i reiligí paróiste mar go raibh sé de chúram ar an Eaglais Bhunaithe reiligí baile a sholáthar go dtí lár na haoise seo caite. B'shin ceann de na cúiseanna go raibh an chléir Chaitliceach chomh dícheallach sin ag fiosrú le linn an tíofas a bheith forleata; b'fhéidir dóibh a dtréad a fhiosrú agus iad ag saothrú an bháis ach bhí cosc orthu freastal ar a n-adhlacadh. Inseann na leabhair bhaiste faoi leanaí nár mhair ach cúig nóiméad déag rud a thugann le tuiscint go raibh sagart acu. Mar seo a chuireann Sir James Picton síos ar chúrsaí reiligí i Learpholl timpeall blianta an Ghorta:

> *During the second quarter of the present century public attention was seriously directed to the crying evils of the practice of intramural interments and the scandalous and offensive results in many cases outraging decency and propriety. Acts were passed by the Legislature to remedy this state of things, by closing entirely the most crowded graveyards, and by severely restricting and gradually prohibiting others. In Liverpool nearly the whole of the churchyards were closed to all but family interments, and*

these were permitted only by an order from the secretary of state. It became, therefore, absolutely essential that some action should be taken by the public.... the burials board was appointed by the select vestry in August 1856 (Picton Memorials of Liverpool ii Liverpool 1990, lch 414).

Dá bharr sin bunaíodh dhá reilig chathrach, ceann do dheisceart an toghlaigh, Toxteth Park Cemetry in 1856, agus ceann don tuaisceart in Anfield in 1863. Dúnadh reiligí uile na cathrach ansin seachas St. James Mount. Bhí sin in úsáid go dtí isteach go maith sa chéad seo. Rinneadh catacómaí den fhaill laistíos de Hope Street agus leagadh amach an reilig síos uaidh. Tá an Ard-Eaglais Anglacánach lena toirt mhór ar an taobh thiar di anois.

Maidir leis na reiligí eile, leagadh iad go léir, seachas aon cheann amháin, amach mar phlásóga oscailte faoin ainm 'gairdíní' de ghnáth ar léarscáileanna na cathrach. St. Mary's Cemetry, Cambridge Street (díreach os comhair an Cambridge Pub) an eisceacht; tá sin anois i gcúinne ciúin i gcóngar na hOllscoile. Osclaíodh an reilig sin in 1805 agus ba reilig pharóiste í do pharóistí St. Nicholas agus St. Peter. Bhí sí díreach ar imeall thoir an bhaile in 1806. Cé nach raibh aon eaglais in aice léi, bhí séipéal beag ar a cliathán thuaidh. Dealraíonn sé gur ó Theach na mBocht ina cóngar — mar a bhfuil an Ard-Eaglais anois lena toirt thaibhseach — agus ó shlumanna Vauxhall agus thuisceart na cathrach a tháinig formhór na gcorpán.

Ba ghearr gur líon corpáin na mbocht, agus ba Ghaeil a lán acusan um na 40í déanacha, St. Mary's agus chuir sin eagla galair ar lucht na meánaicme a raibh cónaí orthu sa chomharsanacht. Bhí sé ina fhadhb fiú faoin mbliain 1842 ag cruinniú den Vestry (ba gheall le comhairle baile é sin faoin am seo); 29ú Márta den bhliain sin luadh an fhadhb:

A general view was expressed that the cemetery be closed and other Burial Ground be procured for the Parishioners in a less populous part of the Parish....

Níor dúnadh an reilig ar feadh roinnt bhlian áfach. Bhí sí fós ar oscailt nuair a bhuail an tíofas Learpholl in 1847. Taispeánann an líon mór ainmneacha Gael Caitliceach ar chlár na n-adhlacthaí an sruth mór bochtán Éireannach a bhrúcht isteach sa pharóiste in 1846 agus 1847. Catherine Joyce an chéad ainm ar an gclár do 1847; bhí cónaí uirthi in Lace Street Vauxhall agus gan í ach dhá bhliain déag d'aois. Ba ghearr gur lean a thuilleadh dá clann í an cnoc suas go dtí St. Mary's. Mo léan! is minic leanaí ar an gclár. In aon tseachtain amháin mar shampla in Aibreán 1847 cuireadh 166 agus ba leanaí nó naíonáin 105 díobh. Ba as Vauxhall formhór na ndaoine seo. Idir 1ú Eanáir agus 15ú Márta 1847 cuireadh 925 agus ba as Lace Street Vauxhall amháin 50 díobh. Tháinig a lán eile ó Theach na mBocht i Mount Pleasant. Ba churfá d'amhrán a bhí i mbéal na ndaoine coitianta go leor an uair sin, in 1847, i Learpholl agus é mar mhacalla le glór chóistí na marbh, é seo a leanas:

> *Rattle his bones over the stones*
> *He's only a pauper wot nobody owns (The Porcupine).*

An 24ú Iúil 1847 an dáta atá leis an adhlacadh deiridh i St. Mary's agus d'fhan sé mar reilig dhíomhaoin ar feadh deich mbliana fichead. Cuireadh reilig nua Pharóiste ar fáil ina áit ag St. Martin's in the Fields idir Blenheim Street agus Silvester Street amach ó Vauxhall Road; osclaíodh í an lá a dúnadh St. Mary's agus líonadh í go tapa. Úsáideadh an tseanláthair chun ábhar tógála don Teach Bocht nua a stóráil sna 1860í agus ansin mar láthair aclaíochta ag na hÓglaigh. D'ainneoin go ndearna fear faire a chuir faoi sa seanséipéal cúram den áit chuaigh sé i léig. Tá tuairiscí bladhmannacha d'uaigheanna ag titim ar a chéile faoi rothaí troma cairteacha agus cónraí le feiceáil go glé sna páipéir logánta síos go dtí 1887 (*Liverpool Review* 6-8-1887). Bhí feachtas ar siúl sa *Porcupine* ó

Mheitheamh go Meán Fómhair 1869 ag iarraidh urraim a bheith á tabhairt don tseanreilig, ach ba shaothar in aisce é geall leis. De bharr iarrachtaí Dr. Marsh áirithe rinneadh láthair spaisteoireachta, gairdín poiblí, de St. Mary's níos déanaí. Is mar sin atá sé ar mhapaí ordanáis 1906. Deonaíodh údarás chuige sin in 1882 agus seo cuid den ráiteas:

> [Maidir leis an reilig] ...*situate in Mulberry Street open ground for use of the public by erecting gates on the east side of the said cemetery and by making the ground more regular and orderly according to the plans and particulars in the Public Episcopal registry.....*
> *Chapel on the said ground.......*
> *No graves or burial places will be interfered with, nor tombstones, gravestones or other monuments herein and that the said ground is now ina neglected condition....*
> *Gates shall be locked from nightfall until sunrise. Walls and other fences of such height as to render the closing of said ground effectual. That no part of the said ground shall be used as a playground or for public meetings, festivities or amusements, nor shall any music whether instrumental or vocal (except sacred music) be allowed herein and good order and propriety of behaviour shall always be maintained therein, that nothing shall be done permitted or omitted which will in any way interfere with or hinder the performance of Divine worship in the said chapel etc. etc.......*
> *Dated at Liverpool 18/7/82.*

Tógadh Liverpool Infirmary ag deireadh an naoú céad déag ar an láthair idir imeall theas na reilige agus Mytle Street South agus glacadh leis an bhfalla teorann mar chuid den fhoirgneamh. Rinneadh The Royal Liverpool Children's Hospital (RLCH) den otharlann agus in 1949 thug The United Liverpool Hospitals fógra go raibh sé ar aigne acu na coirp a thógáil ó St. Mary's agus iad a chur arís in Walton Park Cemetery, Rice Lane. Ba ghá sin mar go raibh St. Mary's ag teastáil chun go bhféadfaí cur leis an RLCH. Tá an láthair clúdaithe anois le cnuasach d'fhoirgnimh shealadacha nach bhfuil in úsáid agus seanloisceoir na n-ospidéal go feiceálach ina measc. Tá cuid de na seanbhallaí teorann fós ann cé nach bhfuil aon rian de na geataí a luaitear sa cháipéis údaráis ná den séipéal.

Faighimid tuairim de chás uafásach na mbochtán sa chathair trí iniúchadh a dhéanamh ar chlár na n-adhlacthaí in St. Mary's in 1847. Is baolach nach bhfuil aon tslí ina bhféadfaí líon na ndaoine a rugadh in Éirinn a scagadh ón gcuid eile, ach le cabhair an chreidimh a luaitear agus na sloinnte Gaelacha is féidir tuairim ghinearálta a chaitheamh faoin gcodán de na bochtáin arbh Éireannaigh iad. Is féidir eolas suimiúil a bhailiú cibé scéal é. Ar dtús is ainmneacha Sasanacha a bhí ar fhormhór na ndaoine a fuair bás i dTeach na mBocht, rud a thaispeáineann go ndearna na Gaeil a ndícheall coimeád amach as in 1847 agus gur dócha gur chabhraigh siad le chéile chun é a sheachaint. Ar an dara dul síos tá ceangal dlúth idir sloinnte Gaelacha agus an creideamh Caitliceach. Bhí ainmneacha Gaelacha ar bhreis agus leath na mbochtán, faoi mar a bheifí ag súil leis. Ach tá ainmneacha Gaelacha ar roinnt mhaith Protastúnach leis. Ós rud é go raibh ainmneacha Sasanacha ag a lán de na bochtáin a cailleadh is léir go raibh an ainnise chéanna agus a bhí anuas ar na Gaeil le hiompar ag na Sasanaigh bhochta chomh maith. Is léir gur cuid de stair na Cathrach ina hiomláine an Gorta Mór.

Clár Reilig St. Mary's Liverpool 1847
Figiúir na Míosanna

1847	aois 0-5	aois 6-21	aosach	iomlán
Ean	113	16	147	274
Feabh	182	51	161	401
Már	254	76	221	540
Aib	317	89	294	700
Beal	353	139	382	862
Meith	365	144	449	963
Iúil 24/7	289	101	301	691
Iomláin	1612	616	1955	4431

(Ón 24ú Iúil in St. Martin's, Vauxhall, a bhíodh gach adhlacadh, ach leanadh den chlárú san imleabhar céanna siar go deireadh an leabhair.)

Daonra agus Imirce

Faoin mbliain 1841 bhí daonra Learphoill díreach faoi bhun 300,000. Faoin mbliain 1851 bhí sé 376,000 agus an chathair ar an dara ceann ba mhó sa ríocht. In Éirinn a rugadh timpeall 22% den daonra sin. Tuairimíonn Neal gur timpeall 90,000 líon Gael Learphoill, idir inimircigh agus a sliocht, 24% den daonra agus a bhformhór in Vauxhall agus Toxteth.

An Imirce trí Learpholl le linn an Ghorta

a) Daonra uile na hÉireann (32 contae)

1821	6,802,000	de réir daonáirimh	
1831	7,767,000	de réir daonáirimh	+965,000
1841	8,175,000	de réir daonáirimh	+408,000 (+5%)
1851	6,573,000	de réir daonáirimh	-1,602,000 (-20%)

b) Inimirce go Learpholl (níl figiúir do 1845-8; timpeall 600,000 b'fhéidir)

	imircigh	bochtáin	iomlán
1849	160,458	80,468	240,926
1850	173,236	77,765	251,001
1851	215,369	68,134	283,503
1852	153,909	78,422	232,503
1853	162,299	71,353	233,652
Iomláin	865,271	376,142	1,241,410

Móide ar luadh thuas c.(1,841,410)

c) Is deacair líon na n-eisimirceach a chinntiú. Meastar go ndeachaigh timpeall 75% d'eisimircigh na Ríochta Aontaithe amach trí Learpholl sa tréimhse i gceist. Seo a leanas na figiúir measta go garbh ina mílte do na himircigh uile ó Éirinn agus ón mBreatain Mhór le linn an Ghorta:

	Can	USA	Aus/NZ	Eile	Iomlán Amach
1845	32	59	1	2	94,000
1846	43	82	1	2	129,000
1847	110	142	5	1	258,000
1848	31	188	24	5	248,000
1849	41	219	32	6	299,000
1850	33	233	16	9	281,000
1851	43	267	22	4	336,000
1852	33	244	88	4	369,000
1853	35	231	61	3	330,000
Iomlán					2,344,000

De réir teoirice an 75% ghabh **1.76 milliún** amach trí Learpholl 1845-'52. Má chuirimid an 90,000 de Learphollaigh nua Ghaelacha Neal nár imigh leo leis an líon sin tá iomlán níos gaire do 1.9 milliún againn gan an bhreis básanna in aicídí forleathana na cathrach in 1847-50 a chur san áireamh; tá a fhios againn nár Ghaeil iadsan go léir mar bhí daoine ina measc ón mBreatain agus Thuaisceart na hEorpa.

An Loingeas

Bhí na longa imirce in iomaíocht le chéile ó na 1840í go dtí na 1900í faoi iompar na n-imirceach go Meiriceá Thuaidh agus, níos déanaí, go dtí an Astráil. Is minic a measadh gurb é an turas thar Mhuir na hÉireann an chuid ba mheasa den turas go léir, agus go deimhin is minic an turas sin garbh go leor fiú sa lá atá inniu ann. Ar an meán níor éirigh le 10% den mhuintir a thug faoi dhul go Meiriceá a sprioc a bhaint amach beo. Ba shábhálta an turas go dtí an Astráil cé gurb fhaide go mór é, mar gur thug na captaein aire níos fearr dá bpaisinéirí.

Ó na 1820í ar aghaidh bhí loingeas sách tapa, innill ghaile le roth lián de ghnáth ach le lann lián i gcásanna áirithe, ag iompar paisinéirí saor go leor idir calafoirt mhóra na hÉireann go léir agus Learpholl. Ba bheag spás cábán a bhí sna báid agus ba ghnáth eallach a bheith á iompar faoin deic. Is beag bád go raibh slí stíris inti i dtreo gur ar deic, gan cosaint ar bith ón síon a thaisteal formhór na bpaisinéirí. Ba ghnáth dá bhrí sin go mbídís traochta tnáite faoin am go mbainidís a sprioc amach; chailltí daoine ar farraige. Ach níorbh é an cruatan ar farraige an t-aon chúis amháin go mbíodh cuma na hainnise ar a lán acu ag teacht i dtír. Bhí an plódú go dona leis go háirithe ar bháid go Learpholl. Mar seo a labhair John Besnard, an meáiteoir ginearálta i gCorcaigh, leis an Select Committee on Emigrant Ships:

> *I have gone to Liverpool expressly to wait the arrival of Irish steamers and no language at my command can describe the scenes I witnessed there; people were positively prostrated, and scarcely able to walk after they got out of the steamers, and they were seized hold of by those unprincipled runners so well known in Liverpool. In fact, I consider the manner in which these passengers are carried from Ireland to English ports is disgraceful, dangerous and inhuman.*

Chuir timpistí tragóideacha a lean a chéile ar a súile don phobal cé mar a bhí ar bord na mbád paisinéirí idir Éirinn agus an Bhreatain. B'é cás an *Londonderry* is mó a rinne sin. D'fhág sí sin Sligeach le dul go Learpholl 1ú Nollaig 1848 le 206 paisinéir ar deic. Toisc doininne chuir an criú iachall orthu dul faoin deic i spás 18 troigh faoi 10 dtroithe, 7 troigh ar airde. Múchadh dháréag agus trí fichid. Oíche Déardaoin, 19ú Aibreán 1849 d'fhág an long gaile *Britannia* Baile Átha Cliath le dul go Learpholl agus 414 paisinéir ar bord. Bhí triúr marbh le fuacht nuair a shroich an bád caladh. Thagair an *Liverpool Mercury* don tubaiste seo mar *the human cattle trade*. Cuireadh ceisteanna faoi i dTeach na gComónach agus cuireadh brú ar an rialtas; bunaíodh ceistiúchán an Board of Trade, ach ní dhearnadh dada le smacht a chur ar an trácht le linn blianta an Ghorta.

Isteach in Clarence Dock a thagadh na Gaeil de ghnáth. Líonadh an duga sin ó shin ach tá na geataí fós ann, sall ó chrosaire Cotton Street agus Dock Road, timpeall seacht gcéad slat ó réchaladh Prince. Ba dhuga nua é sin ag an am, i bhfad ó

TITHÍOCHT NA nGAEL I LEARPHOLL

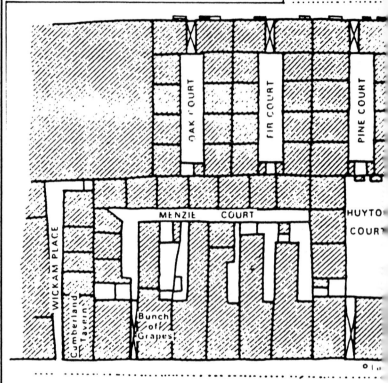

	Court Number	Number of Houses		Physical condition Width of Entrance
Name				
Zwill	1	6	back to back	3' 6" (1·07m)
King	3	8	"	3' 0" (0·91m)
Village	5	6	"	3' 0" (0·91m)
Railway	7	5	taken down	
Lime	9	7	back to back	3' 8" (1·12m)
Beech	11	8	"	3' 6" (1·07m)
Ash	13	7	"	3' 6" (1·07m)
Elm	15	7	"	3' 6" (1·07m)
Pine	17	8	"	3' 6" (1·07m)
Fir	19	8	"	3' 6" (1·07m)
Oak	21	8	"	2' 1" (0·63m)
Crosbie	23	4	"	2' 7" (0·79m)
TOTALS				
	12	82		

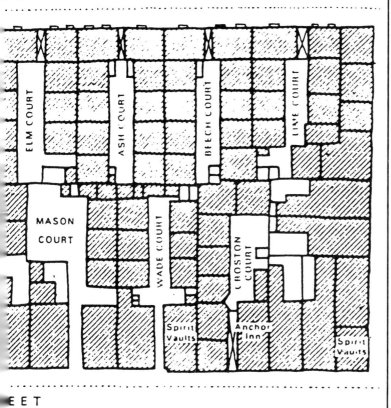

bie Street, 1862

Length	*Upper End	Number and situation of privies	
		Entrance	End
12' (3·7m)	Closed		2
12' (3·7m)	,,		2
12' (3·7m)	,,		1
(4·6m) + 28' (8·5m)	,,		
11' (3·3m)	,,		1
11' (3·3m)	,,		1
11' (3·3m)	Open		1
11' (3·3m)	,,		1
11' (3·3m)	,,		1
11' (3·3m)	Closed		1
11' (3·3m)	,,		1
20' (6·1m)	,,	2	
		2	12

lár na nduganna agus é in úsáid ag báid ghaile Mhuir Éireann. Ba fhurasta tine a leathadh ó shimnéithe na mbáid nua-aimsire ghaile seo go dtí cultacha anairte agus téada tarraithe na gclipéir seolta na n-aigéan; bhí siad seo go líonmhar sna duganna láir; bheadh a dtithe stórais siúd i mbaol chomh maith. Ní raibh ach tamall gairid le siúl idir Clarence Dock agus dúiche Vauxhall, príomháit lonnaithe na nGael. Ní mór plean na cathrach a leanúint go cáiréiseach faoi láthair chun an cosán sin a aimsiú ach tá Coiste Chuimhneachán an Ghorta Mhóir, Learpholl, ag súil lena mharcáil le plaiceanna sula fada.